Rostos na multidão

Valeria Luiselli

Rostos na multidão

Tradução
Maria Alzira Brum Lemos

ALFAGUARA

Copyright © Valeria Luiselli, 2011
Todos os direitos reservados

Todos os direitos desta edição reservados à
Editora Objetiva Ltda.
Rua Cosme Velho, 103
Rio de Janeiro — RJ — Cep: 22241-090
Tel.: (21) 2199-7824 — Fax: (21) 2199-7825
www.objetiva.com.br

Proibida a venda em Portugal

Título original
Los ingrávidos

Capa
Sabine Dowek

Revisão
Fatima Fadel
Cristiane Pacanowski
Lilia Zanetti

Editoração eletrônica
Abreu's System Ltda.

Personae, de Ezra Pound, copyright © 1926.
Reproduzido mediante autorização de New Directions Publishing Corp.
Obras, de Gilberto Owen, copyright © 1979, 1996.
Reproduzido mediante autorização de Fondo de Cultura Económica.

CIP-BRASIL. CATALOGAÇÃO-NA-FONTE
SINDICATO NACIONAL DOS EDITORES DE LIVROS, RJ

L978r

    Luiselli, Valeria
        Rostos na multidão / Valeria Luiselli ; tradução Maria Alzira Brum Lemos. – Rio de Janeiro : Objetiva, 2012.

        162p.   ISBN 978-85-7962-147-5
        Tradução de: *Los ingrávidos*

        1. Romance mexicano. I. Lemos, Maria Alzira Brum, 1959-. II. Título.

12-3876.   CDD: 868.99213
                                              CDU: 821.134.3(72)-3

Para Álvaro

Cuidado! Se brinca de fantasma, em um se transforma.

(Anônimo, a *Cabala*)

O menino médio me acorda:
>Sabe de onde vêm os mosquitos?
>De onde?
>Do regador. De dia estão no regador e de noite nos picam.

*

Tudo começou em outra cidade e em outra vida, anterior a essa de agora, mas posterior àquela. Por isso não posso escrever esta história como eu gostaria — como se ainda estivesse ali e fosse só aquela outra pessoa. Custa-me falar de ruas e de rostos como se ainda os percorresse todos os dias, não encontro os tempos verbais precisos. Eu era jovem, e minhas pernas eram fortes e magras.

(Gostaria de ter começado como termina *A Moveable Feast* de Hemingway.)

*

Naquela cidade morava sozinha em um apartamento praticamente vazio. Dormia pouco. Comia mal e sem variar muito. Levava uma vida simples, uma rotina. Trabalhava como parecerista e tradutora em uma editora pequena que se dedicava a resgatar "pérolas estrangeiras" — que, na verdade, ninguém comprava, porque afinal estavam destinadas a uma cultura insular em que a tradução é abominada por ser impura. Mas eu gostava do meu trabalho e acho que durante um tempo o fiz bem. Além disso, na editora se podia fumar. De segunda a quarta, ia ao escritório; as quintas e sextas eram reservadas para fazer pesquisa nas bibliotecas. Nas segundas chegava cedo e de bom humor, com um copo de papelão cheio de café. Cumprimentava Minni, a secretária, e depois o *chief editor*, que era o único *editor*, mas era o *chief*. Se chamava White. Eu me sentava na minha mesa, fazia um cigarro de fumo claro e trabalhava até entrada a noite.

*

Nesta casa moramos dois adultos, uma bebê e um menino médio. Dizemos que o menino é médio porque, embora seja o mais velho dos dois, ele insiste em que ainda é médio. E tem razão. É o mais velho, mas é criança, então é médio.

Há alguns dias meu marido pisou em um dinossauro quando descia as escadas, e houve um cataclismo. Choros, gritos, abalos, o dinossauro era irrecuperável. Agora sim se extinguiu o T-Rex, dizia o menino médio entre soluços. Às vezes temos a impressão de ser como dois Gullivers paranoicos, caminhando eternamente nas pontas dos pés para não acordar ninguém, para não pisotear nada importante e frágil.

*

No inverno as tempestades de vento castigavam. Mas eu usava minissaias porque era jovem. Escrevia cartas para os meus conhecidos, contava-lhes sobre minhas caminhadas, sobre minhas pernas enfiadas em umas meias cinza, sobre meu corpo enrolado em um casaco vermelho, com bolsos fundos. Escrevia cartas sobre o vento frio que acariciava estas pernas e comparava o vento gelado com os picos de um queixo malbarbeado, como se o vento e umas pernas cinza que caminham pelas ruas fossem material literário. Quando alguém morou sozinho durante muito tempo, o único modo de afirmar que continua existindo é articular as atividades e as coisas em uma sintaxe compartilhável: este rosto, estes ossos que caminham, esta boca, esta mão que escreve.

*

Agora escrevo à noite, quando as duas crianças estão dormindo e já é lícito fumar, beber e deixar que entrem as correntes de ar. Antes escrevia o tempo todo, a qualquer hora, pois meu corpo me pertencia. Minhas pernas eram longas, fortes e magras. Era próprio oferecê-las; a quem fosse, à escritura.

*

Um romance silencioso, para não acordar as crianças.

*

Naquele apartamento havia somente cinco móveis: cama, mesa, estante, escrivaninha e cadeira. A escrivaninha, a cadeira e a estante, na verdade, se integraram depois. Quando fui morar lá, encontrei apenas uma cama e uma mesa dobrável de alumínio. Havia também uma banheira embutida. Mas não sei se isso conta como móvel. Pouco a pouco, o espaço foi sendo habitado, mas quase sempre com objetos passageiros. Os livros das bibliotecas passavam os fins de semana empilhados em uma torre ao lado da cama e desapareciam na segunda-feira seguinte, quando os levava para a editora para dar pareceres sobre eles.

*

Nesta casa tão grande não tenho um lugar para escrever. Na minha mesa de trabalho há fraldas, carrinhos, transformers, mamadeiras, chocalhos, objetos que ainda não acabei de decifrar. Coisas minúsculas ocupam todo o espaço. Atravesso a sala e me sento no sofá com meu computador no colo. O menino médio entra na sala:
 O que você está fazendo, mamãe?
 Escrevendo.
 Escrevendo um livro?
 Só escrevendo.

*

Os romances são de longo fôlego. Assim querem os romancistas. Ninguém sabe exatamente o que significa, mas todos dizem: longo fôlego. Eu tenho uma bebê e um menino médio. Não me deixam respirar. Tudo o que escrevo é — tem que ser — de curto fôlego. Pouco ar.

*

Às vezes comprava vinho, mas a garrafa não durava nem uma rodada. Rendiam algo mais o pão, a alface, os queijos, o whisky e o café, nessa ordem. E um pouco mais que essas cinco coisas juntas, o azeite e o molho de soja. Mas as canetas e os isqueiros, por exemplo, iam e vinham como adolescentes empenhados em demonstrar seu excesso de vontade e sua absoluta autonomia. Sabia que não era bom depositar nenhum tipo de confiança nos objetos de uma casa; que assim que nos acostumamos à presença silenciosa de uma coisa, a coisa quebra ou desaparece. Meus vínculos com as pessoas que me rodeavam estavam igualmente marcados por estes dois modos da impermanência: quebrar ou desaparecer.

A única coisa que perdura daquele período são os ecos de algumas conversas, um punhado de ideias recorrentes, poemas de que eu gostava e relia uma e outra vez até aprendê-los de cor. Todo o resto é elaboração posterior. Minhas lembranças desta vida não poderiam ter maior conteúdo. São andaimes, estruturas, casas vazias.

*

Eu também vou escrever um livro, diz o menino médio enquanto preparamos o jantar e esperamos que seu pai volte do escritório. Seu pai não tem escritório, mas tem muitas reuniões de trabalho e às vezes diz: Já vou para o escritório. O médio diz que seu pai trabalha no trabalhório. A bebê não diz nada, mas um dia vai dizer Pa-pá.

Meu marido é arquiteto. Faz quase um ano que está planejando a mesma casa, uma e outra vez, com mudanças imperceptíveis para mim. É uma casa que vai ser construída na Filadélfia dentro de pouco tempo, quando ele tiver enviado finalmente os últimos esboços. Os planos se amontoam na sua mesa de trabalho. Alguns dias os folheio, fingindo entusiasmo. Mas me custa imaginar o traçado, me custa projetar todas aquelas linhas em terceira dimensão. Ele também folheia as coisas que eu escrevo.

Como vai se chamar o seu livro?, pergunto ao médio.

Vai se chamar: *Papai sempre volta zangado do trabalhório.*

Em nossa casa falta luz com muita frequência. É preciso trocar os fusíveis. É uma palavra familiar no nosso vocabulário cotidiano. Fusíveis. Falta luz, e o médio diz: já se fuzilaram os fusíveis.

Não creio que houvesse fusíveis naquele apartamento, naquela outra cidade. Nunca vi o relógio, nunca faltou luz, nunca troquei uma lâmpada. Todas eram fluorescentes: duravam para sempre. Um estudante chinês morava na janela em frente. Estudava até bem tarde sob sua lâmpada morta; eu também lia até bem tarde. Às três da manhã, com precisão oriental, ele apagava a luz da sala. Acendia a lâmpada do banheiro e, quatro minutos depois, apagava-a novamente. Nunca acendia a do quarto. Realizava seus rituais íntimos às escuras. Eu gostava de imaginar o chinês: despia-se para entrar nos lençóis? Tocava-se? Acariciava-se embaixo das cobertas ou de pé junto à cama? Como era o olho do pênis deste chinês? Pensava em alguma coisa ou me observava imaginando-o da minha cozinha? Quando terminava a cerimônia noturna, eu apagava a luz e saía do meu apartamento.

*

Nós gostamos de pensar que nesta casa tão velha há um fantasma que nos acompanha e observa. Não o vemos, mas achamos que apareceu poucas semanas depois da nossa mudança. Eu estava muito gorda, oito meses de gravidez. Quase não me mexia. Arrastava-me como um leão-marinho pelo piso de assoalho. Dediquei-me a desempacotar caixas de livros, a alfabetizá-los em pilhas. Meu marido e o menino médio os colocavam nas estantes recém-pintadas. O fantasma derrubava as pilhas. O médio o batizou de Consencara.

O fantasma abre e fecha portas. Acende o fogão. É uma casa com um fogão enorme e muitas portas. Meu marido diz ao menino médio que quando estamos dormindo o fantasma ricocheteia uma bolinha na parede, e o médio morre de medo e se encolhe nos braços do pai, até que ele jura ao nosso filho que estava falando de brincadeira. Às vezes, Consencara balança a bebê enquanto eu escrevo. Isso não lhe dá medo, nem a mim, e sabemos que não é uma brincadeira. Ela é a única que de fato o vê, sorri para o vazio com todo o carisma de que é capaz. Está lhe saindo um dente.

*

Neste bairro, às oito da noite, passa o vendedor de *tamales*. Saímos correndo para comprar meia dúzia de *tamales* doces. Eu não saio, mas assobio para ele da porta da casa colocando dois dedos na boca, e meu marido corre para a rua a fim de alcançá-lo. Quando volta, enquanto desembrulha os *tamales,* diz: casei com uma pessoa que assobia. Também passam vizinhos diante da nossa janela, nos cumprimentam. Embora sejamos recém-chegados, são amáveis conosco. Todos se conhecem. Aos domingos almoçam juntos no pátio comum. Convidam-nos, mas não aceitamos o convite; nós os cumprimentamos da janela da sala e lhes desejamos bom domingo. É um conjunto de casas antigas, todas um pouco caídas ou quase caindo.

*

Eu não gostava de dormir sozinha no meu apartamento. Morava em um sétimo andar. Certa noite, enquanto fumávamos um cigarro fora do edifício, disse ao porteiro: Não sei dormir aqui.

O que você tem que fazer — disse — é sair daqui o máximo que puder. Voltar só para comer e tomar banho, nunca para dormir, porque, à medida que a pessoa vai passando noites em casas diferentes — quartos, pensões, hotéis, quartos emprestados, camas compartilhadas —, conhece um pouco mais e talvez mais profundamente sua intimidade. Aprenderíamos a sondar mais fundo em nós mesmos nos olhando de vez em quando nos espelhos de um banheiro alheio, lavando a cabeça com outro xampu, ou colocando o rosto, alguma noite, no travesseiro de outra pessoa. Só assim podemos ser seriamente fiéis ao chamado milenar: conheça-se a si mesmo. Você não estudou filosofia?

Não.

Bem, não importa.

Mas dei ouvidos ao porteiro. Comecei a emprestar minha casa a amizades distantes e procurava outros quartos, poltronas emprestadas, camas compartilhadas, para passar a noite. Distribuí cópias das minhas chaves para muitas pessoas. Outras pessoas me deram cópia das suas. Não generosidade: reciprocidade.

*

Às sextas, embora não todas as sextas, vinha Moby. Foi o primeiro a ter as chaves. Encontrávamo-nos quase sempre na porta. Eu saía para a biblioteca, e ele chegava para tomar banho, porque em sua casa, que ficava em um povoado a uma hora e meia da cidade, não havia água quente. No início não ficava para dormir, e não sei onde dormia, mas tomava banho na minha banheira embutida e em troca me trazia uma planta ou preparava algum prato que guardava na geladeira. Deixava-me bilhetes que eu encontrava à noite, quando voltava para jantar: "Usei seu xampu, obrigado, M."

Moby tinha um trabalho de fim de semana na cidade. Vendia falsos livros antigos que ele mesmo fabricava em uma imprensa caseira. Os intelectuais ricos os compravam a preços nada razoáveis. Também reimprimia exemplares únicos de clássicos norte-americanos em formatos igualmente únicos. (É notável a obsessão dos gringos pelas coisas únicas.) Tinha um exemplar ilustrado de *Leaves of Grass*, um manuscrito a lápis de Walden e uma versão gravada em fita dos ensaios de Ralph Waldo Emerson lidos por sua avó polonesa. Mas a maioria de seus autores era "poetas de Ohio dos anos vinte e trinta". Esse era o seu nicho. Tinha desenvolvido uma teoria sobre a ultraespecialização que para ele estava funcionando. Obviamente não era ele que a havia desenvolvido, e sim o senhor Adam Smith, mas ele achava que a teoria era dele. Eu lhe dizia: Essa é a teoria dos alfinetes de Adam Smith. E Moby respondia: Estou falando de *American Poets*. O livro que nesta altura tentava vender se chamava *Can We Hold Hands Out Here?*. Tinha dez exemplares e me deu um de presente. Era um poeta muito ruim, de Cleveland, Ohio, como Moby.

Algumas vezes, antes de voltar para o seu povoado, vinha ao meu apartamento para tomar banho mais uma vez. Jantávamos os restos do que ele tinha cozinhado na sexta. Conversávamos sobre os livros que tinha vendido; conversávamos sobre livros em geral. Às vezes, aos domingos, fazíamos amor.

*

Meu marido lê alguns destes parágrafos e me pergunta quem é Moby. Ninguém, digo, Moby é um personagem.

*

Mas Moby existe. Ou talvez não mais. Mas, então, existia. E também existia Dakota, que ia ao meu apartamento pela mesma razão que Moby: em sua casa não havia chuveiro. Morava com o namorado no sótão de um casarão no Brooklyn, e estavam havia meses planejando um banheiro que nunca construíram. Ela foi a segunda pessoa que teve as chaves. Vinha para tomar banho e às vezes ficava para dormir. Também me deu uma cópia das suas chaves. Eu gostava de passar a noite naquele sótão sem chuveiro, vestir as camisolas de Dakota, sentir seu lado da cama.

Dakota trabalhava à noite, cantava em bares e às vezes no metrô. Seu rosto era como os dos filmes mudos, as pálpebras duas lunetas enormes, a boca muito pequena, sobrancelhas arrogantes. Ela e o namorado tinham uma banda. Ele tocava gaita. Era de Wisconsin — um desses gringos que apesar de ter os olhos quase transparentes são bonitos. Tinha uma cicatriz que lhe atravessava o rosto. No dia em que disse a ele que ia embora da cidade para sempre porque me havia afantasmado, acariciou-me a testa. Naquela altura não soube ler se isso foi uma resposta. Quis tocar seu rosto, mas não me atrevi a apalpar a cicatriz.

*

O menino médio volta da escola, mostra-me o joelho:
Olhe o meu machucado.
O que aconteceu?
Estava correndo no pátio da escola e uma casa caiu em cima de mim.
Uma coisa?
Não, uma casa.

*

Nesta casa há uma geladeira nova, um móvel novo ao lado da cama, plantas novas em vasos. Meu marido acorda à meia-noite de um pesadelo. Começa a contá-lo para mim enquanto eu sonho outra coisa, mas o ouço desde o começo, como se nunca tivesse dormido, como se tivesse passado a noite inteira esperando esta conversa. Diz que moramos em uma casa que cresce. Aparecem novos quartos, novos objetos, o teto fica mais alto. As crianças estão, mas sempre em outro quarto. O médio sempre corre perigo, e não encontramos a bebê. Há um móvel que se abre e produz música em um dos lados de nossa cama. Um homem magro dança dentro do nosso quarto, seguindo o compasso desta música. Quer seduzir o meu marido. Ele resiste e abre uma gaveta do móvel musical para entretê-lo. Dentro do móvel encontra uma árvore, uma árvore morta, mas bem arraigada na base de uma gaveta. Essa árvore é o que produz o feitiço da casa que cresce; ele tenta arrancá-la; os galhos se estendem e arranham seus testículos. Meu marido chora. Abraço-o e depois vou até o quarto das crianças. Dou um beijo no médio e examino o berço, para ver se a bebê ainda respira. Respira. Mas eu não tenho ar.

*

Eu gostava dos cemitérios, dos parques e dos terraços dos edifícios, mas sobretudo dos cemitérios. De algum modo, vivia em um estado perpétuo de comunhão com os mortos. Mas não de uma maneira sórdida. Em compensação, os vivos que me rodeavam eram sórdidos. Moby era sórdido, Dakota também, às vezes. Os mortos e eu, não. Tinha lido Quevedo e interiorizado como uma prece, de um modo talvez muito literal, aquele negócio de viver "em conversa com os defuntos". Visitava constantemente um pequeno panteão a algumas quadras do meu apartamento, porque ali podia ler e pensar sem que ninguém nem nada me perturbasse.

*

Volto ao romance sempre que as crianças me permitem. Sei que tenho de gerar uma estrutura cheia de buracos para que sempre seja possível chegar à página, habitá-la. Nunca colocar além da conta, nunca estofar, nunca mobiliar nem adornar. Abrir portas, janelas. Levantar muros e derrubá-los.

*

Quando ficava no meu apartamento, Dakota fazia exercícios de voz com o balde que eu usava para limpar o assoalho. Enfiava a cabeça inteira nele e produzia notas muito agudas, como de um violino mal-afinado, como de um pássaro moribundo, como de porta velha. Às vezes, quando eu voltava depois de passar alguns dias fora, encontrava Dakota deitada no chão da sala com o balde azul ao lado: descansando as lombares, explicava:

    Por que sempre tira o meu balde do banheiro?
    Para que não me ouçam.
    Quem?
    Para poder me ouvir.

*

Meu marido desenha rápido; faz muito barulho ao desenhar. Seu lápis chia contra o papel, cada cinco minutos o aponta com o apontador elétrico, troca de folha, dá voltas em torno da mesa de trabalho. Constrói espaços e, à medida que vão aparecendo no papel, nomeia-os: banheiro, escada em caracol, balaustrada, sótão. Levanta, senta. Depois, abre o computador e reproduz os traços em um programa que os transforma em espaços gradualmente tridimensionais.

Para mim é impossível construir espaços do nada. Não consigo inventar. Procuro apenas imitar meus fantasmas, escrever como eles falavam, não fazer barulho, contar nossa fantasmagoria.

*

Pajarote falava pouco. Era estudante de filosofia. Morava em New Brunswick, um povoado horrível de Nova Jersey, e dirigia até Manhattan todas as quartas porque às quintas assistia a um curso na universidade. Passava a noite comigo. Eu gostava de dormir na minha casa quando ele vinha. Abraçava-me com um braço comprido e sem pelos. Mas nunca fizemos amor. Nunca faríamos. Era um pacto silencioso que protegia nossa amizade. Todas as quintas acordava cedo e comprava pão e coca-cola no supermercado da esquina. Compartilhávamos o café da manhã sem dizer uma palavra.

Um dia rompi nosso pacto de silêncio matutino e lhe perguntei

De que trata seu curso?

É sobre incerteza — disse-me, mastigando um pedaço de pão.

Só isso? Incerteza?

Incerteza e limites temporais difusos.

Pareceu-me uma piada, zombei um pouco, mas ele disse: É a ponta da filosofia analítica. As aulas deste mês abordariam o paradoxo da composição material, em que o exemplo era um gato, ora com rabo, ora sem rabo. Pajarote falava com a boca cheia e, enquanto elaborava sobre os gatos e a incerteza, minúsculos arquipélagos de baba e migalhas iam se acumulando nas comissuras dos lábios.

É o mesmo gato? — perguntou depois de uma longa explicação à qual eu tinha deixado de prestar atenção. Assenti e depois falei que melhor dizendo não, ou que na verdade não sabia; que talvez fosse um gato com coca-cola. Pajarote não riu. Nunca ria. Ou talvez sim, mas nunca das minhas piadas. Ele era mais inteligente do que eu, mais sério do que eu. Era muito alto e tinha os braços compridos e lisos.

*

Aquele apartamento foi se enchendo de plantas, presenças silenciosas que de vez em quando me lembravam de que o mundo requeria cuidado e inclusive ternura. Quase nunca havia flores. Folhas sim: algumas verdes e muitas amarelas. Via um punhado de folhas secas no piso e me sentia culpada; varria-as, regava todos os vasos, mas depois os esquecia por outras duas semanas.

Não há nada menos recomendável do que atribuir valor metonímico aos seres inanimados. Se a gente acha que o estado de uma planta em um vaso reflete o estado de nossa alma, ou pior, o de uma pessoa querida, estará condenada à desilusão ou à paranoia perpétua.

*

O White dizia isso. Ele não tinha as chaves da minha casa. Mas esteve lá duas vezes. Nas duas me contou a mesma história depois de dois drinques. Havia uma árvore do lado de fora de sua casa na qual sempre via sua mulher morta. Não a via, mas sabia que estava ali. Como o medo em um pesadelo, como certas tristezas em uma tarde longa. Todas as noites, quando voltava para casa, despedia-se dela, da árvore, dela na árvore. Não dizia nada. Só pensava nela ao passar ao lado da árvore e a roçava com as pontas dos dedos. Era uma maneira de se despedir, outra vez, toda vez. Certa noite se esqueceu. Entrou no apartamento, escovou os dentes e foi para a cama. Então se deu conta de que tinha se esquecido da mulher. Atormentado pela culpa, saiu para a rua. Não pôs os sapatos. Abraçou a árvore e chorou até molhar as meias, os pés e os joelhos na rua nevada. Quando voltou para casa, não tirou as meias para dormir.

*

O médio pergunta:
　　Sobre o que é o seu livro, mamãe?
　　É um romance de fantasmas.
　　Dá medo?
　　Não, mas dá um pouco de tristeza.
　　Por quê? Por que estão mortos?
　　Não, não estão mortos.
　　Então não são tão fantasmas.
　　Não, não são fantasmas.

*

Existem diferentes versões da história. A que eu gostava era a que White me contou um dia em que ficamos trabalhando até tarde na editora e tivemos que esperar mais de uma hora para que passasse o metrô. Parados na plataforma, atentos ao estremecimento que se produz dentro das coisas com a proximidade iminente de um trem em movimento, ele me disse que um dia, nesta mesma estação, o poeta Ezra Pound tinha visto seu amigo Henri Gaudier--Brzeska, morto alguns meses antes em uma trincheira em Neuville-Saint-Vaast. Pound estava apoiado em uma coluna da plataforma, esperando, quando finalmente o trem se aproximou. Ao se abrirem as portas do vagão, viu aparecer em meio às pessoas o rosto do amigo. Em alguns segundos, o vagão se encheu de outros rostos, e o de

Brzeska foi sepultado pela multidão. Pound permaneceu imóvel alguns instantes, sobressaltado, até que cederam primeiro os joelhos e depois todo o corpo. Apoiando todo o seu peso na coluna, deslizou as costas até sentir a carícia concreta do piso no fio das nádegas. Pegou uma caderneta e começou a fazer anotações. Nessa mesma noite, em um *diner* ao sul da cidade, terminou um poema de mais de trezentos versos. No dia seguinte o releu e o achou muito longo. Voltou todos os dias à mesma estação, à mesma coluna, para podar, cortar, mutilar o poema. Devia ser tão breve quanto a aparição do amigo morto, tão estremecedor quanto. Desaparecer tudo para fazer aparecer um único rosto. Depois de um mês de trabalho, sobreviveram dois versos:

The apparition of these faces in the crowd;
Petals on a wet, black bough.

*

Dakota e eu nos conhecemos no banheiro de um bar que se chamava Café Moto. Ela maquiava o rosto com uma esponja quando me aproximei da bancada para lavar as mãos. Nunca lavo as mãos em banheiros públicos, mas a mulher que estava retocando o futuro rosto de Dakota com uma esponja me pareceu inquietante, e queria vê-lo de perto. Então lavei as mãos.

*

Os escritórios da editora ficavam no número 555 da avenida Edgecombe, mas eu passava a metade da semana nas bibliotecas da cidade procurando livros de escritores latino-americanos que valessem a pena traduzir ou reeditar. White tinha certeza de que, depois do sucesso de Bolaño no mercado gringo, haveria outro *boom* latino. Passageira assalariada no trem do seu entusiasmo, eu lhe levava uma mochila cheia de livros todas as segundas-feiras, e dedicava minhas horas de escritório a escrever um relatório detalhado sobre cada um deles. Inés Arredondo, Josefina Vicens, Carlos Díaz Dufoo Jr., nada o convencia.

Você não foi amiga do Bolaño?, perguntou White gritando da sua mesa (eu trabalhava em uma pequena mesa ao lado dele, de modo que os gritos eram desnecessários, mas o faziam sentir-se um editor de verdade). Deu uma longa tragada no cigarro e continuou insistindo: Você não tem cartas ou alguma entrevista ou qualquer coisa dele que possamos publicar? Continuou gritando. Não, White, nunca o conheci. Que pena. Está ouvindo, Minni? Temos a honra de trabalhar com a única latino-americana que não foi amiga do Bolaño. Quem é este, *chief*?, perguntou Minni, que nunca se dava conta de nada. É o escritor chileno morto com mais amigos vivos.

*

Passeava pouco, na cidade onde todo mundo passeia. Ia do meu apartamento para a editora, da editora para alguma biblioteca. E, obviamente, ao cemitério a algumas quadras de minha casa. Certo dia, em seu eterno afã por produzir uma mudança em mim, para o bem ou para o mal, minha irmã Laura me enviou um e-mail da Filadélfia. Dizia apenas: 115 West 95th Street. Laura morava na Filadélfia com sua esposa Enea. Ainda moram lá. São pessoas ativas, contentes consigo mesmas. Enea é argentina, dá aulas em Princeton. Laura e Enea pertencem a todo tipo de grupos e organizações; são acadêmicas; são de esquerda, vegetarianas. Este ano vão subir o Kilimanjaro.

Saí do meu apartamento enfiada nas minhas meias cinza e no meu casaco vermelho de bolsos enormes.

Enrolei uma echarpe no pescoço e caminhei sem parar até chegar ao endereço que Laura tinha me dado.

As coordenadas existiam, mas pertenciam a uma casa imaginária. Em vez de portas, janelas e degraus, havia um muro de tijolos no qual alguém tinha pintado a moldura de uma janela, a silhueta de um vaso com flores, um gato cochilando no parapeito, uma mulher olhando para a rua. Era uma piada sofisticada da Laura, compreendi tardiamente. Um *trompe l'oeil* que funcionava como tropo do meu estilo de vida naquela cidade. Não sei o que diria Laura agora que minhas únicas caminhadas são entre a cozinha e a sala, entre o banheiro de cima e o quarto do médio e da bebê. Mas Laura não sabe disso tudo, nem eu vou contar.

De volta ao meu apartamento, parei em uma banca de livros usados em frente a uma igreja. Comprei uma antologia de poesia norte-americana de 1900-1950 por um dólar e uma estantezinha de quatro prateleiras por dez. Eu gostava de caminhar pela rua carregando um móvel. É algo que não faço mais. Mas, quando fazia, me sentia uma pessoa com propósitos. Quando voltei ao meu apartamento, ajeitei a estante no centro da única parede sem janelas da sala e coloquei meu único livro na primeira prateleira. De vez em quando abria o volume e escolhia um poema, copiava-o em um papel. Quando saía de casa para ir à editora, levava o papelzinho para memorizar os versos. William Carlos Williams, Joshua Zvorsky, Emily Dickinson e Charles Olson. Tinha uma teoria que não sei se era minha, mas funcionava para mim. Os espaços públicos, como as ruas e as estações do metrô, iam se tornando habitáveis à medida que se atribuísse algum valor e se imprimisse a eles alguma experiência. Se eu recitava um trecho do *Paterson* cada vez que caminhava por certa avenida, eventualmente essa avenida sempre soaria a William Carlos Williams. A saída do metrô da estação da rua 116 era de Emily Dickinson:

> *Presentiment is that long shadow on the lawn*
> *Indicative that suns go down;*
> *The notice to the startled grass*
> *That darkness is about to pass.*

*

O leite, as fraldas, os vômitos e regurgitações, a tosse, os mucos e a baba abundante. Os ciclos de agora são curtos, repetitivos e urgentes. É impossível tentar escrever. A bebê me olha da cadeirinha: às vezes ressentidamente, às vezes com admiração. Talvez com amor, se é que nessa idade somos capazes de amar. Produz sons que dificilmente se incorporarão ao espanhol, quando aprender a falá-lo. Vogais fechadas, opiniões guturais. Fala algo parecido ao que falam os personagens dos dramas de Lars Von Trier.

*

Escrevo: Conheci Moby no metrô. E, embora essa seja a verdade, não é verossímil, porque as pessoas normais, como Moby e eu, nunca se conhecem no metrô. Poderia escrever, em vez disso: Conheci Moby no banco de um parque. O banco de um parque, qualquer parque, qualquer banco. E isso talvez seja bom. Talvez seja justo que as palavras não contenham nada, ou quase nada. Que seu conteúdo seja, no mínimo, variável. O previsível é que se imagine o banco verde e de madeira. Então devo escrever, por artifício: Moby estava lendo um jornal em um dos bancos de concreto brancos, um tanto descascados, do parque Morningside. Eram dez da manhã, e o parque estava praticamente vazio, como a palavra "parque" e a palavra "banco". Um jardineiro encurvado e submisso podava a hera com uma tesoura. Talvez devesse explicar por que eu estava atravessando o parque de leste a oeste às dez da manhã. Mentiria: ia a caminho de uma missa. Ou ao cemitério, ou ao supermercado, que talvez sejam a mesma coisa. Ou, melhor, tinha passado a noite dormindo em um dos bancos. Mas de que vai servir tudo isso se a verdade é sempre mais simples: Conheci Moby no metrô. Eu estava lendo um livro que já não lembro — talvez *A las orillas del Hudson* de Martín Luis Guzmán —, e ele folheava ao meu lado um livro fascinante com fotografias dos filmes de Jonas Mekas. Perguntei-lhe de onde tinha tirado o livro, e me disse que ele mesmo o tinha feito. Estendeu-me o cartão de uma gráfica, sua gráfica, em um povoado nos subúrbios da cidade.

*

Era muito fácil desaparecer. Muito fácil enfiar um casaco vermelho, apagar todas as luzes, ir para outro lugar, não voltar para dormir em nenhum lugar. Ninguém me esperava em nenhuma cama.

Agora sim.

Sei que quando entrar hoje no meu quarto a bebê perceberá meu cheiro e estremecerá no berço, porque algum lugar secreto de seu corpo a ensina desde já a reclamar sua parte daquilo que pertence às duas, aquilo que nos arrebatamos todos os dias, os fios que nos sustentam e nos separam.

Meu marido também reclamará sua porção de mim, e eu me entregarei ao gozo indefinido, abrupto, sereno do seu tato.

*

Moby tinha um casarão do século dezenove em um povoado perdido, mas agradável à sua maneira puritana, não longe da cidade. A casa não tinha luz elétrica nem água corrente. Moby morava ali, morava sozinho. Cozinhava sopas enlatadas em um fogareiro de querosene e dormia em uma cama de armar jogada no chão, ao lado da imprensa. Levantava-se todos os dias às cinco da manhã, fazia um chá verde e trabalhava na imprensa até depois do meio-dia. Levava esse estilo de vida por decisão própria, não porque não tivesse outras opções. Seu livro de cabeceira era a biografia de Santayana. Há dois tipos de pessoas: as que apenas vivem e as que planejam sua vida. Moby era do segundo tipo. Para entrar em sua casa, era necessário tirar os sapatos e calçar umas sapatilhas japonesas. Havia algo de impostado nessa vida, na excessiva estetização dessa realidade planejada para ser contemplada por espectadores através de uma lente. Definitivamente, eu destoava na vida superplanejada de Moby. Por isso aceitei o chá verde, por isso deixei que Moby tirasse minha roupa e me colocasse uma bata japonesa, e em seguida a tirasse outra vez, para percorrer meu corpo com suas mãos ossudas, seu nariz magro, seus lábios finos, quase invisíveis. Por isso dormi nua na cama de armar ao lado da imprensa e saí correndo na manhã seguinte. Costumava levar comigo dois molhos de chaves da minha casa — colocava um na bolsa e outro no bolso do meu casaco vermelho, para o caso de que perdesse um ou outro —, e antes de sair deixei um dos molhos para o Moby, sobre um bilhete onde anotei meu endereço.

*

A bebê dorme. O menino médio, meu marido e eu nos sentamos na escada, na frente da porta da casa. O menino médio pergunta:

    Pai, o que é uma vespa?
    É uma abelha perigosa.
    E uma baleia assassina?

Uma orca.
Umaorca! E em inglês, como se diz, pai?
Diz-se: Moby Dick.

*

Certa noite adquiri uma escrivaninha para o meu apartamento vazio. Não a comprei. Nem tampouco a roubei. Acho que devo dizer que a encontrei. Eu estava em um bar para fumantes. Tinha passado a noite fazendo cigarros, folheando uma antologia chatíssima de poetas mexicanos amigos de Octavio Paz traduzidos para o inglês — talvez haja aí um ergo, mas não sei bem onde colocá-lo —, enquanto esperava que Dakota saísse do seu último *gig* em um bar próximo. Em um momento de distração da leitura senti que alguém me observava de fora. Pela janela vi Dakota na calçada, sentada em cima de alguma coisa, ajeitando as meias. Cumprimentou-me de longe com a mão e fez um sinal para que eu saísse. Paguei. Dakota estava sentada em cima de uma escrivaninha antiga, os sapatinhos vermelhos de salto ao lado.
 Encontrei uma escrivaninha para você — disse —, para que escreva suas coisas.
 E como vou levá-la?
 Vamos carregá-la até sua casa. Olhe, eu já tirei os sapatos.
 Primeiro a arrastamos, depois tentamos carregá-la segurando pelos cantos, cada uma de um lado. Parecia impossível: o apartamento ficava a mais de trinta quadras. Finalmente, nos colocamos debaixo dela e a carregamos com o cocuruto e as palmas das mãos. Dakota foi cantando o resto do caminho. Eu fazia os coros. Ficamos com bolhas.

*

Posso escrever de dia só quando a bebê dorme sestas ao meu lado. Aprendeu a segurar as coisas que se aproximam dela e segura minha mão direita para dormir. Escrevo um pouco com a mão esquerda. As maiúsculas são muito difíceis. Faço duas ou três vezes a tentativa de recuperar minha mão, deslizá-la brandamente entre as grades minúsculas dos seus dedos e trazê-la para o teclado para escrever mais uma linha. Ela acorda e chora, me olha ressentidamente. Devolvo-lhe minha mão, e novamente me ama.

*

Para poder usar a escrivaninha nova, levei uma das cadeiras da editora para o meu apartamento. Ninguém a usava, era improvável que alguém percebesse, estava havia meses largada no banheiro e não cumpria nenhuma função além de apoiar um rolo de papel higiênico. Era de madeira clara; esbelta e frágil. Pintei-a de azul para que White não a reconhecesse caso voltasse um dia à minha casa. Coloquei-a diante da escrivaninha nova e escrevi uma carta para a minha irmã Laura. Começava:

"Moro atrás de um parque onde as crianças são crianças e jogam beisebol."

*

O menino médio brinca de esconde-esconde nesta casa cheia de cantos. É uma versão diferente da brincadeira. Ele se esconde, e meu marido e eu temos que encontrá-lo. Precisamos levar a bebê junto, e quando finalmente o encontramos embaixo da cama ou enfiado em um armário, ele tem de gritar "Achou!", e a bebê deve começar a rir. Se a bebê não rir, é preciso começar de novo.

*

Certa tarde de sexta-feira, enquanto folheava livros na biblioteca da Universidade de Columbia para levar à editora na segunda, dei com uma carta do poeta Gilberto Owen a Xavier Villaurrutia: "Vivo na avenida Morningside, 63. Na janela direita há um vaso que parece um abajur. Tem chamas verdes redondas..." A carta pertencia ao tomo *Obras* de Owen, e nela o poeta fazia um inventário dos objetos do quarto que alugava em um edifício do Harlem. As coordenadas que dava a Villaurrutia me chamaram a atenção: avenida Morningside, 63. Isso devia estar a apenas algumas quadras da biblioteca, e bem perto do meu apartamento. Nem cheguei a terminar de ler a carta, deixei os outros livros que tinha selecionado em uma pilha, passei no registro de empréstimos e saí para a rua.

Este bairro, depois das três da tarde, cheirava a sal: lágrimas e suor de crianças negras e latinas saindo das escolas: crostas nos joelhos, baba e ranho nas mangas dos suéteres. Uma garotinha, mulata, larga como um coreto, concentrava-se em terminar um desenho apoiada no tronco de uma árvore do parque Morningside. Em uma mão segurava uma coxa de frango que de vez em quando mordiscava, ou, melhor, chupava, e na outra imprensava com os dedinhos indicador e médio o giz de cera verde com que completava seu desenho. Um menino apareceu por trás, deu-lhe um tapa nas curvas com a mochila — os dois joelhinhos rechonchudos cederam — e tirou o giz de cera da menina. Ela deu um grito e se jogou em cima dele, *you madafaka*: bateu nele com a coxa de frango na testa e no rosto até derrubá-lo no chão.

Caminhei até o prédio de Owen. Eu o tinha visto muitas vezes no caminho para o metrô, sem saber que ele tinha morado ali. Era um prédio de tijolos vermelhos, similar a todos os da quadra, com amplas janelas que davam para o parque. Quando parei diante da fachada estava entrando um velho, de maneira que consegui entrar pela porta atrás dele. Subi o primeiro andar e o segundo; continuei subindo. O velho parou no terceiro, virou para sorrir para mim, *afternoon ma'am, afternoon sir,* e entrou em um apartamento. Continuei subindo pelo quarto e quinto andares, até que se acabaram o fôlego e as escadas. Saí por uma porta para o terraço, acendi um cigarro e me sentei em um canto ensolarado para esperar que acontecesse alguma coisa.

Como o mundo não registrava nenhuma mudança, me pus a ler o livro recém-tirado da biblioteca, à espera de algum sinal propício. Não aconteceu nada; continuei lendo e fumando, até que anoiteceu. Depois de algumas horas tinha terminado todas as cartas do tomo, o poemário inteiro de *Perseu vencido* e todo o meu fumo, então decidi voltar para casa. Levantei-me para ir até a porta do terraço, procurando algum lugar para me desfazer do monte de bitucas. Em um canto do terraço havia uma planta em um vaso, e me aproximei para enterrá-las ali. Sentei-me em uma pilha de jornais que alguém tinha embrulhado, como para eventualmente reciclá-los, e cavei um buraco. Então me dei conta de que o vaso, como aquele que Owen descrevia a Villaurrutia, parecia um abajur, só que este estava desbotado e certamente mais feio do que tinha sido quando novo. A planta dentro do vaso — talvez uma pequena árvore — estava seca. Era impossível que se tratasse do mesmo vaso que Owen mencionava em sua carta, mas de alguma forma era um sinal, o sinal que eu estava esperando. Assaltou-me aquele entusiasmo que os bebês mostram quando confirmam sua existência em um espelho.

Não era meu costume levar coisas que não me pertenciam. Só às vezes, só algumas coisas. Às vezes, muitas coisas. Mas quando vi aquela arvorezinha morta no terraço de Owen, achei que tinha que levá-la para minha casa, cuidar dela, pelo menos durante o resto do inverno. Depois, quando chegasse novamente a primavera, poderia devolvê-la ao seu terraço. Rumei para a porta carregando o vaso, pronta para voltar para casa. Mas a porta não tinha trinco por fora, e não encontrei maneira de abri-la.

Talvez tenha me congelado, talvez tenha morrido de hipotermia. Em qualquer caso, esta foi a primeira noite que tive de passar com o fantasma de Gilberto Owen. Foi a partir de então que comecei a existir como habitada por outra possível vida que não a minha, mas que bastava imaginá-la para me abandonar completamente a ela. Certa vez li em um livro de Saul Bellow que a diferença entre estar vivo e estar morto radica somente no ponto de vista: os vivos olham do centro para fora, e os mortos, da periferia para algum tipo de centro. Comecei a olhar de fora para dentro, de alguma parte para nenhuma. Inclusive agora, que meu marido dorme, e a bebê e o menino médio dormem, e eu poderia estar dormindo também, mas não estou, porque às vezes sinto que minha cama não é minha cama, nem estas mãos minhas mãos. Abotoei o casaco até o pescoço. Coloquei os jornais esticados no concreto, formando uma esteira noticiosa que me protegeria um pouco. Antes de mergulhar as mãos nos meus bolsos fundos, guardei o livro na mochila e formei um travesseiro. Coloquei o vaso aos meus pés e me estendi de costas no chão.

Ao amanhecer, fui me sentar na borda do terraço, desejando que alguém saísse logo do edifício. Estava com as mãos azuladas e os lábios rachados. Por volta das nove da manhã — o sol já começava a esquentar minhas costas —, saiu uma menina de bicicleta. Gritei para ela de cima, implorei, prometi-lhe doces e coxas de frango como recompensa por sua ajuda. A menina deixou a bicicleta encostada na escada da fachada e entrou novamente no edifício. Subiu lentamente, prefaciando minha agonia. Imaginei que iria chamar a mãe, o pai, os avós, todos os moradores do edifício subiriam para me linchar, e eu teria de explicar que, o que diria?, que tinha me perdido, que estava varrendo o terraço, que era mexicana, tradutora, *sorry sir, sorry ma'am*, ou que talvez não havia nada de estranho em que eu estivesse ali encarapitada no seu terraço em um sábado pela manhã.

A porta do terraço, uma lâmina metálica muito fina, começou a tremer levemente, sacudida pelas mãozinhas da menina. Abriu-se de repente. A menina tinha subido sozinha.

Você é o fantasma que vive aqui em cima?

Não, só subi para regar minha planta de manhã cedo e fiquei trancada.

Mas é o fantasma?

Não, fantasmas não existem. Sou mexicana.

Ah. Nós somos dominicanos. Minha mãe não nos deixa subir no terraço porque diz que aqui há homens negros e fantasmas.

Tem razão.

O que vai fazer com esta árvore seca?

Vou levá-la ao médico.

Saí atrás dela carregando o vaso. Descemos lentamente as escadas. Fora do edifício um grupo de crianças gordas já a estava esperando. Por um instante larguei o vaso no chão, e nos despedimos com um aceno que esbocei desajeitadamente.

Como se chama? — perguntei a ela.

Dolores Preciado, muito prazer, mas me chamam de Dora.

Por quê?

Não sei.

As outras crianças me viram passar, carregando a árvore morta. Gozaram de mim sem piedade. A cruelda-

de natural das crianças se potencializa nas crianças gordas. Atravessei o parque, e Dora gritou de longe:
Também não existem médicos de árvores.
Quando cheguei ao meu apartamento, depositei o vaso ao lado da escrivaninha. Antes de tomar banho, antes de fazer um café, antes de fazer xixi, sentei-me diante da minha escrivaninha e redigi um parecer febril sobre *Sindbad encalhado* de Gilberto Owen. O estudante chinês estava tomando uma sopa em sua mesa de trabalho.

*

Algumas noites, meu marido e eu trabalhamos juntos na sala, estimulados pelo whisky, pelo cigarro e pela promessa de sexo de madrugada. Ele diz que trabalhamos à noite só para poder fumar e beber em paz. Iremos para a cama depois de ter enchido algumas folhas, excitados como dois desconhecidos que se encontram pela primeira vez e não se contam nada nem exigem explicações. A *tabula rasa* das páginas e dos planos, o anonimato que me concedem as muitas vozes da escritura, a liberdade que lhe concedem os espaços vazios.

*

Naquele apartamento não havia nada. Não havia nem sequer fantasmas. Havia um monte de plantas semivivas e uma árvore morta.

*

Nesta casa, falta água. O menino médio diz que o fantasma é quem acaba com a reserva da cisterna. Diz que é um fantasma que morreu de sede e que por isso toma toda a água da casa.

*

Pajarote me convidou para jantar e festejar seu aniversário. Fomos a um restaurante francês. Sabia que para os gringos francês quer dizer elegante, então fui bem-vestida e me comportei o melhor que pude. Pedi pouca comida, uma sopa de cebola e umas almejas; ele comeu um pato. Falei sobre a planta que tinha levado do terraço do antigo edifício de Owen, a menina Dora que tinha me salvado, as possíveis vidas de Owen no Harlem dos anos vinte, a escrivaninha e sua cadeira, Moby e as batas japonesas e o quanto tinha me deixado triste fazer amor em uma cama de armar ao lado de uma imprensa com um homem narigudo. Pajarote me olhava em silêncio.

Você está com um pedaço de cebola queimada no dente — disse, quando finalmente fiz uma pausa.

Terminamos de comer, e nos trouxeram licor em copos pequeninos. Quando terminamos as bebidas, coloquei os copos na bolsa. Eram copos muito bonitos. Pajarote olhou para mim, perplexo. É meu aniversário, disse-me, por favor, não roube hoje. Eu compro os copos para você. E chamou o garçom e os comprou.

*

A bebê gargalha pela primeira vez. Faz um som como de baleia e em seguida sua voz se interrompe em quatro leves abruptas sonoras rajadas de riso.

*

Meu primeiro parecer sobre Owen não convenceu White. Deixou um bilhete colado na tela do meu computador: "Traga outra coisa que se possa de fato traduzir para o inglês e devolva a cadeira de madeira que roubou do banheiro, e então discutiremos as possibilidades do seu Owen. Yours, W."

Diferentemente da maioria dos editores gringos, White não era monolíngue. E, diferentemente dos gringos que falam espanhol e passaram uma temporada longa ou curta na América Latina e acham que isso lhes dá uma espécie de tarimba internacional terceiro-mundista que os capacita intelectual e moralmente para — não sei muito bem para quê —, White de fato entendia os mecanismos fodidos da história literária latino-americana. O normal teria sido que, diante de sua negativa, eu lhe desse ouvidos e esquecesse Owen.

*

O médio para o pai:
　　Os polvos têm pinto?
　　Estou trabalhando.
　　E os camarões? E as esponjas do mar?
　　O pai do menino médio fica pensando um pouco, e:
　　Os camarões são pintos.

*

Quando engravidei da bebê, o médico me falou que a gravidez era "de alto risco". Parei de fumar, de beber, de caminhar. Tinha medo de que a bebê não acabasse de se formar, ou de que se formasse mal: a espinha dorsal incompleta, torta; o sistema nervoso desconjuntado, retardo mental, aprendizagem lenta, cegueira, morte súbita. Não sou religiosa, mas um dia me deu um ataque de pânico na rua — minha irmã Laura me explicou depois que o que tinha tido era um ataque de pânico — e tive de parar em uma igreja. Entrei para rezar. Ou seja, entrei para pedir alguma coisa. Rezei pela bebê sem forma, pelo amor de seu pai e seu irmão, por meu medo. Certo silêncio me devolveu a certeza de que em meu ventre havia um coração, um coração com aorta, cheio de sangue, uma esponja, um órgão que pulsava.

*

Um romance compacto, ao mesmo tempo poroso. Como o coração de um bebê.

*

No exemplar das *Obras* de Owen que tirei da biblioteca havia uma seção de fotografias, colocadas de maneira mais ou menos aleatória entre as páginas de *Romance como nuvem*. Uma das fotos me chamou a atenção. Duas terças partes do perfil de Owen ocupavam quase todo o espaço. A testa ampla e uma mecha de franja encaracolada. Um nariz fino, quase um bico. A sobrancelha escurecia uma pálpebra praticamente inexistente, o olho adormecido, suave. Apenas um indício do lábio superior. Todo o resto, preto. Um homem quase sem rosto. Arranquei cuidadosamente a foto e a coloquei em um dos galhos da arvorezinha morta, ao lado da minha escrivaninha — de qualquer forma, não pensava em devolver o exemplar à biblioteca.

*

Meu marido e eu vemos um filme com as crianças. O filme se chama *Tá chovendo hambúrguer*. É uma história ridícula. A bebê, que é a mais prudente dos quatro, adormece depois de alguns minutos; o médio resiste apenas um pouco mais do que isso. Nós os passamos ao seu berço e à sua cama, respectivamente, e os observamos dormir. De alguma forma, nos amamos neles, através deles. Talvez mais através deles do que de nós mesmos — como se depois de sua chegada o espaço vazio que nos unia e separava tivesse se enchido de alguma coisa, de algo alheio a nós, que agora era indispensável para nos justificar. Nós os beijamos na testa, fechamos a porta do quarto. Nos atiramos em nossa cama e terminamos de ver o filme sem conseguir conciliar o sono.

*

Às vezes, dormia em uma poltrona no décimo andar do meu edifício porque na minha casa tinha pouco ar e muito barulho. A casa estava desmoronando, e eu um pouco também. Moby estava sempre tomando banho; Pajarote tomava café da manhã com pão torrado; Dakota, com o balde; o eco de White repetindo a mesma história muito triste; havia a ameaça das plantas vivas; uma árvore morta, e uma foto do fantasma de Gilberto Owen que não me deixava dormir.

*

Certa tarde levei White a um bar perto da minha casa, para tentar convencê-lo do potencial de Owen. Tínhamos passado o dia inteiro conversando sobre o "Cântico Espiritual" de San Juan de la Cruz. A editora ia fazer uma edição bilíngue do poema, traduzida para o inglês pelo renomado poeta Joshua Zvorsky. O manuscrito original estava incompleto, então tínhamos que restaurar alguns dos versos. Fizemos isso à noite pedindo whiskies, discutindo os versos da Esposa.

Meu amado, as montanhas,
os espessos vales solitários,

as ilhas estranhas,
os rios sonoros,
o silvo dos ventos amorosos;

O que você prefere? — perguntou White — "sonorous rivers" ou "roaring torrents"?
Nenhum dos dois.
E o que acha para o dos vales: "wooded valleys" ou "bosky valleys"?
"Bosky" rima com Zvorsky. E com "whisky". Embora nem tanto com "whisky". Agora, "amorous gales" é horrível.
Tem razão. Tem que ser "amorous breezes".

a noite calma,
aproximando a madrugada,
a música calada,
a solidão sonora,
o jantar que revigora e apaixona;

"Enkindles" é a palavra mais feia que já ouvi em inglês, White.
Ok. "Rekindles." Melhor?
De vez em quando, deixávamos nossas bebidas no balcão e saíamos à rua para fumar. O entusiasmo de White era contagioso. Talvez o meu também pudesse ser. Em uma dessas pausas, tentei mentir para White:
Sabia que Gilberto Owen vinha a este mesmo bar?
Não, não acredito, este lugar abriu nos anos trinta ou quarenta, e segundo seu relatório Owen esteve em Nova York antes disso.
Tudo bem, não vinha aqui, mas sabia que era amigo de Federico García Lorca?
San Juan, melhor San Juan. Como se traduz esta bela cacofonia: "Um não sei o quê que ficam balbuciando"?

Acho que alguém adulterou minha bebida quando saímos para fumar. Quando voltamos terminei o drinque de um gole e deixei de entender o que White estava falando. Olhava para ele, impávida, enquanto falava sobre William Carlos Williams, Joshua Zvorsky, Pound. Citava versos de cor e entortava de rir. Eu ria com ele, sem entender muito bem do que estávamos rindo. Desenhou-se uma auréola azul em volta de sua cabeça. Estiquei o braço e tentei tocar a auréola com os dedos.

O que você tem?

Uma auréola! Você é San Juan, White.

Vou ao banheiro e vamos embora, disse.

O garçom atrás do balcão me pareceu muito alto, estirado. Tinha os dentes longos, um sorriso endemoninhado. As pessoas riam. White estava demorando muito no banheiro. Fechei os olhos um instante. Quando os abri, vi ao meu lado William Carlos Williams, com uns óculos enormes, examinando a vagina de uma mulher miniatura, deitada em um guardanapo no balcão; o poeta Zvorsky estava de pé em uma mesa, regendo uma orquestra imaginária; Ezra Pound, pendurado dentro de uma jaula no canto do bar, e García Lorca atirando-lhe amendoins que ele recebia com júbilo. Vamos embora daqui, ouvi White dizer atrás de mim. Insisti em pagar, mas tinham me roubado a carteira. Ele pagou, e nos encaminhamos para a porta. Antes de sair, vi Owen, muito triste, comendo *debris* de amendoins embaixo da jaula de Ezra Pound.

Caminhamos muitas quadras antes de chegar a um hospital, os vales solitários espessos. Enquanto caminhávamos, eu olhava para minhas coxas envoltas nas meias cinza para não perder o senso de realidade. Caminhávamos rápido nas calçadas cristalizadas, ilhas estranhas. White falava sobre a árvore em frente da sua casa. Queria cortá-la. Minhas pernas tinham o tom que têm as calçadas no inverno: pareciam uma extensão da calçada. Eu contava a White sobre a árvore no vaso que tinha roubado do terraço de Owen. Olhava para minhas pernas para não ver mais nada. Era uma mulher cinza, uma mulher-calçada. Santo Owen, São Zvorsky e São White. Melhor dizendo: San Juan: as meias, as calçadas: meu amado, as montanhas. Não conhecia nenhuma prece, mas os versos de San Juan me mantinham perto de alguma coisa, de algum centro palpável, enquanto os edifícios ao meu lado se entortavam como argila, e o rosto preocupado de White transmutava em muitos possíveis rostos, todos emoldurados por uma inquietante auréola azul.

Você acha que me colocariam na cadeia se alguém me visse cortando a árvore? — ele me perguntava.

Acho que sim, White.

Os rios sonorosos: calçadas passadas e geada. O assobio dos ventos amorosos: o ritmo dos meus passos na neve. Na lógica dos doentes, dos idiotas, dos loucos, tudo está a ponto de cair no seu lugar.

Você me ajudaria a cortar?

O quê?

A árvore.

Mas nunca nada cai no lugar. No hospital pensaram que eu tinha me drogado voluntariamente. Para me acalmar, deram-me valium: uma noite tranquila. Talvez tenha morrido outra vez, como tinha morrido naquele dia no terraço de Owen. Dormi: aproximando a madrugada. Não sei se horas ou minutos: a música calada, a solidão sonora. Quando acordei pedi o celular para o White e liguei para a minha irmã Laura para contar o que tinha acontecido, e um não sei o quê que ficam balbuciando. Explicou: você teve um ataque de pânico. Disse-lhe: não, me drogaram e me roubaram tudo.

White me acompanhou ao lado da cama até que me estabilizei. Por volta do meio-dia saímos do hospital, e White me levou até a porta do meu prédio. Ainda um pouco atordoada pelo valium e muito agradecida, prometi ajudá-lo a destruir a árvore. Ele prometeu ler as anotações que eu tinha feito sobre Owen com mais calma. Só pesquise um pouco mais para que possamos escrever uma biografia, falou, enquanto me dava um abraço. Também falou que eu podia ficar com a tal cadeira que ninguém usava mesmo. Entrei no prédio, cumprimentei o porteiro, subi para a minha casa e escovei os dentes. Ou talvez não tenha escovado os dentes.

*

Todos nós estamos com gripe. O primeiro a cair foi o médio. Depois a bebê. Agora meu marido e eu, com mais intensidade. O médio diz que cada um tem um vírus. E que, no total, temos quatro vírus.

*

Naquele país, as pessoas processavam. Chamavam a polícia. Dakota foi me visitar no dia seguinte ao incidente do bar. Perguntou-me:
    Já avisou a polícia?
    Não. Para quê?
    Ela fez a ligação, dramatizando, fingindo sotaque estrangeiro. Ontem à noite alguns homens me drogaram e me roubaram, disse-lhes. Usaram meu cartão de crédito e acabaram com todo o meu dinheiro. Dakota era muito boa dramatizando. Algumas horas depois, apareceram dois policiais uniformizados na minha casa. Tomaram café na mesa, fizeram anotações em uma caderneta. O detetive vai ligar para você dentro de alguns dias, disseram antes de ir embora. O mais jovem dos dois me estendeu um papelzinho com seu nome completo, seu número

de telefone e um coração com uma carinha feliz dentro. Coloquei o papel entre os galhos da árvore, ao lado da minha escrivaninha. Dakota e eu nos embebedamos e vimos um filme do Jim Jarmusch.

*

Meu marido gosta dos filmes de Kubrick e dos de zumbis, todos os de zumbis. Ficamos os quatro de cama, doentes de vírus, vendo alternadamente filmes de Kubrick e de zumbis. Não entendo como meu marido pode gostar das duas coisas ao mesmo tempo. Confronto-o: é como gostar de homens e de mulheres ao mesmo tempo. O médio colabora: É como gostar de Corn Pops com leite.

*

O detetive ligou para a minha casa alguns dias mais tarde. Era domingo. *Detective Matías speaking*, disse. Fui vê-lo em seu escritório no dia seguinte, um edifício público, em frente à escola primária St. Mary's. Na recepção, algumas cadeiras de madeira e uma cortiça com a agenda da semana: fotos de pessoas desaparecidas, números de emergência, listas de delitos possíveis, um anúncio escrito à máquina sobre um padre católico que tinha sido golpeado na cabeça com um taco de beisebol pelos membros de uma gangue. Uma e outra vez: lesões craniais e faciais.

A sala de espera cheirava a urina. Uma secretária me mandou entrar em um cômodo onde, presumivelmente, eram realizados os interrogatórios. Entrou um baixinho com cara andina e sotaque do Bronx. Era a caricatura de um detetive: chapéu, suspensórios e palito de dentes. O detetive Matías me ofereceu um café.

*

Eu não gosto de filmes de zumbis, por que escreveu que eu gostava dos filmes de zumbis?
Porque sim.
Por favor apague isso dos zumbis.

*

Certa noite em que tínhamos que terminar de ler uns originais, White me convidou para ir à sua casa jantar pizza. Trabalhamos até tarde e, por volta das quatro da manhã, White adormeceu com a cabeça boiando na mesa. Eu cochilei na poltrona dele até o amanhecer, folheando de vez em quando um exemplar de "That", de Joshua Zvorsky, que tinha encontrado no topo de uma das muitas pilhas de livros que White tinha por toda a casa. Ouvia-o roncar, plácido, na superfície da mesa. White, obviamente, tinha uma afinidade com Joshua Zvorsky. E ali estava eu, lendo "That". Entendi pouco do poema. Mas, enquanto lia, imaginei que por esta via poderia convencer White da relevância de Gilberto Owen. É assim que funciona o sucesso literário, pelo menos em certa escala. Tudo é um rumor, um rumor que se reproduz como um vírus até se transformar em uma afinidade.

*

Ao longo dos meses seguintes, voltei várias vezes à biblioteca da Universidade de Columbia, para procurar algum livro, jornal, arquivo, qualquer coisa que iluminasse um pouco o período que Owen passou em Nova York. Nada. Mas retirei um exemplar de "That" e li meticulosamente.

Por recomendação de White, comecei a registrar tudo o que tivesse alguma relação com Owen. Fazia anotações em *post-its* amarelos e quando chegava ao meu apartamento os colocava entre os galhos da árvore seca, para não esquecer, para poder voltar a elas algum dia e organizá-las. A ideia era que, quando a árvore estivesse cheia de anotações, estas começariam a cair por seu próprio peso. Eu as recolheria na ordem em que fossem caindo, e nesta mesma ordem escreveria a vida de Owen. A primeira foi:

Nota: O metrô de NY foi construído em 1904.

Ainda conservo essas anotações. Quando nos mudamos para esta casa, tirei-as de um envelope onde as tinha guardado quando fui embora daquela cidade e colei-as na parede em frente à minha escrivaninha. O menino médio está aprendendo a ler e passa horas diante da parede tentando encontrar algum sentido nestas folhas. Não me faz nenhuma pergunta. Meu marido, por outro lado, quer saber tudo.

*

Dakota cantava em três ou quatro bares diferentes e quando precisava de dinheiro rápido cantava no metrô. Certa noite, fui vê-la em uma estação da linha um. Levei minha cadeira de madeira e a coloquei encostada na parede da plataforma, de frente para as vias. Dakota e seu namorado se instalaram no meio do corredor. Seu namorado tocava violão ao lado dela e olhava para ela como os ventríloquos olham para os seus bonecos, como nós, os pais, olhamos para os nossos filhos. Os trens passavam ao lado dos dois. Era evidente que ele a desprezava e a respeitava ao mesmo tempo. Os trens paravam de frente para mim. Ele a adorava e a temia. Ele tocou razoavelmente bem nessa noite, e ela cantou como eu nunca tinha ouvido antes. Nenhuma das centenas de pessoas que saíam dos trens parou para ouvi-los. O personagem público de Dakota era uma mistura de Bessie Smith, Vincent Galo e Kimya Dawson. Movia-se com a graça de uma cenoura, mas o timbre de sua voz atravessava a plataforma e minha cabeça com a violência delicada das dores profundas. Um trem parou. Atrás de Dakota, tive a impressão de ver o rosto de Owen no meio dos muitos rostos do metrô. Foi somente um segundo. Mas tive certeza de que ele também tinha me visto.

*

Nota (Owen escreve a Celestino Gorostiza): "Começa-se a ver New York do *subway*. Ali acaba a perspectiva plana, horizontal. Ali começa uma paisagem de vulto, com a dupla profundidade, ou aquilo que chamam de quarta dimensão, do tempo."

*

Dakota gostava da minha árvore morta. E eu gostava que ela gostasse.
    Ela me faz companhia e conversamos sobre muitas coisas — disse-me uma vez.
    E o que ela lhe diz?
    Não me diz nada, está morta.
    Regou-a enquanto saí em viagem de trabalho. Tinha chegado a primavera, e por todos os lados começavam a brotar flores. Os narcisos são sempre os primeiros, explicava Dakota, fazendo algum tipo de justiça poética à urgência destes por serem vistos. Mas a árvore não rebrotou. Quando voltei da viagem, Dakota tinha feito peixe com verduras. Bebemos uma garrafa de vinho, e ela me disse que queria deixar seu namorado, perguntou se podia morar um tempo comigo, até encontrar alguma coisa para ela sozinha.

Por que vai deixá-lo?, perguntei.

Não sei, disse.

Dakota tinha um rosto lindo. Gostava de dizer que tinha um rosto atormentado — havia lido Marguerite Duras no final da adolescência, e a ideia de que a beleza tinha de ser um tanto afrancesada a tinha convencido. E talvez fosse verdade. Dakota se parecia um pouco com Anaïs Nin e cortava o cabelo como Jean Seaberg em *À bout de souffle*.

*

Moby não dava a mínima para a árvore com a futura história de Owen. Pendurava as luvas nela quando vinha ao apartamento.

*

Nas minhas pesquisas de biblioteca, nunca dei com nada importante nem revelador, mas menti para o White. Disse que tinha encontrado, na pequena e desorganizada biblioteca da Casa Hispânica da universidade, um original anônimo, mal datilografado e quase ilegível, em que havia uma série de traduções comentadas de poemas do Owen. Era muito provável que as traduções fossem de Zvorsky: estavam assinadas JZ&GO. Era a mentira menos verossímil de todas as possíveis mentiras em torno de Owen, mas White decidiu se inclinar para o meu lado. Prometi levar-lhe prévias de uma transcrição literal que eu mesma faria. Minha aposta era fazer Owen soar como Zvorsky, para convencer White.

*

Dakota foi morar comigo. Chegou com uma maletinha verde inglês em uma mão e um balde novo na outra.

Quando eu não passava a noite em outro lugar, dormíamos juntas na minha cama, embora Dakota chegasse quase sempre muito tarde do trabalho. Enfiava-se nua na cama e me abraçava por trás, também nua. Tinha os seios macios e grandes; os mamilos pequenos. Ela dizia que tinha mamilos filosóficos.

*

Meu marido voltou a ler algumas destas páginas. Você transava com mulheres?, pergunta.

*

Na hora das acusações a estocada definitiva é a higiene moral própria. Isso era o que dizia Salvatore, um velho oceanógrafo nascido em Nápoles que morava no décimo andar do meu edifício. Salvatore e eu nos conhecemos no elevador. Tinha um matagal de cabelo branco na cabeça, nariz de gancho, as fossas enormes, com duas ou três potocas eternamente grudadas nas bordas. Ambos estávamos indo para o porão, onde ficavam as máquinas de lavar e as latas de lixo. Eu levava uma sacola de roupa suja; ele, seu lixo. Não levava lixo, levava sucata dentro de uma mala cinza. *Estuff,* disse-me, quando lhe perguntei o que havia ali dentro. Perto das latas de lixo, tirou suas coisas, separou-as em montinhos, depositou-as pouco a pouco nos distintos contêineres. Eu o observava de uma das máquinas, demorando mais do que de costume para efetuar meu modesto ritual de higiene. Espiava-o. A última coisa que tirou foi um toca-discos antigo. Perguntei-lhe se funcionava. Sim, funcionava. Deixou-me levá-lo para minha casa. Depois lhe dou alguns discos, disse. Nunca cumpriu. Mas um dia me convidou para jantar no décimo andar.

*

Mas você já transou com uma mulher?, insiste. Nunca, respondo. Não saberia como.

*

Nota: Owen se pesava todos os dias antes de subir no metrô. Havia uma balança na estação da rua 116 que lhe devolvia a certeza de que estava se desintegrando. 126 libras, 125 libras. Nunca soube quantos quilos perdia por semana.

*

Antes de nos mudarmos para esta casa morávamos em um apartamento muito pequeno, em um andar térreo, quase sem luz. Ali vivíamos meu marido, o menino médio e eu. Só entrava luz do dia no banheiro, onde também ficavam a máquina de lavar, a banheira e um móvel cheio de remédios, potes de cremes que nunca usávamos e às vezes xícaras de café e meias sujas que tinham perdido seu par. No dia em que fizemos o teste de gravidez, meu marido se sentou na máquina de lavar roupa enquanto eu urinava. O banheiro era nosso canto adulto, e aqueles eram nossos lugares, a privada e a máquina de lavar: ali tomávamos decisões, ali brigávamos para que o menino não ouvisse. Alaguei o primeiro teste, e se estragou. Ele teve que sair para comprar outro. Enquanto não voltava, pus para lavar toda a roupa que achei jogada pela casa. Incluindo os panos de cozinha, nossos lençóis e um urso de pelúcia. O menino médio, que então era somente o menino, estava jogando videogame na sala. Dei-lhe um beijo nos cabelos e me tranquei novamente no banheiro. Quando meu marido voltou, sentou-se na máquina ligada, e eu fiz xixi, três gotas de xixi. Desta vez não estraguei nada. Fechei a tampa da privada, coloquei o teste ali. Sentei-me na borda da banheira e esperei, recostando a cabeça em uma das pernas do meu marido, que balançavam suavemente no ronronar molhado uterino pesado circular da máquina de lavar.

Você vai ganhar uma irmãzinha ou um irmãozinho, anunciamos ao menino, que continuava jogando videogame.

Que pena, disse, eu queria ter um coelhinho.

*

Jantava espaguete com Salvatore. Seu apartamento no décimo andar do edifício estava cheio de livros, xícaras, arquivos, coisas inúteis. Dava vontade de impor uma ordem narrativa naquela casa. Havia uma estante cheia de discos de 33 rotações, e já não havia onde ouvi-los. Salvatore os ia tirando enquanto preparava o jantar. Este é uma joia, dizia, as primeiras canções do Roberto Murolo. Eu estudava a lista, lado A e lado B: não conhecia nenhuma. Este você tem que conhecer, também é napolitano. E temos que ouvir este juntos algum dia. A montanhinha de discos ia crescendo — eu os empilhava na mesa. Quando o jantar ficou pronto, voltei a colocá-los no lugar. Enquanto comíamos, como uma forma talvez mesquinha de fazer justiça, eu comentava com Salvatore sobre escritores latino-americanos que ele não tinha lido.

*

Jantamos *tamales* doces. Durante o jantar, conversamos primeiro sobre a bomba da Hiroshima, porque o médio

quer saber o que é uma bomba, e depois sobre o cantor do Joy Division, cujo nome não conseguimos lembrar. O médio nos interrompe:
　Eu também posso falar uma coisa?
　Pode.
　É que não consegui ver o final de *Tá chovendo hambúrguer* porque dormi.

*

Os homens com quem transava adormeciam imediatamente depois do sexo, enquanto eu sofria insônias invencíveis, especialmente se a pessoa tinha sabido me agradar. Naquela outra cidade, naquele apartamento, simplesmente saía da cama e ia me sentar diante da minha escrivaninha. Estudava o retrato de Owen, que me olhava como uma fruta apócrifa, entre o outono de lembretes escritos em *post-its* amarelos que iam se acumulando entre os galhos da árvore morta.

　Owen tinha um rosto espiritual, distante e murcho, como o de mártir religioso; maçãs do rosto angulosas, queixo pontudo, olhos muito pequenos: impossível geometria monstro. O corpo lânguido, abatido, submisso. Traços de índio e porte de *criollito*: nenhuma das partes concordava com o todo. Ouvi alguém dizer, certa vez, que a personalidade é uma série contínua de gestos bem-sucedidos. Mas com o homem que aparecia no retrato acontecia o contrário: notavam-se nele as fissuras e descontinuidades. Estudando-o de perto era fácil imaginar até mesmo os lugares onde tinha tentado esconder certa fragilidade com pedaços de outras personalidades, mais firmes e mais seguras do que a sua.

*

Meu marido me pergunta se é verdade que me dá insônia depois do sexo. Digo-lhe:
Às vezes.
E o que faz quando eu durmo?
Eu te abraço, ouço você respirar.
E depois? — insiste.
Depois nada, depois durmo.

*

Durante minha segunda gravidez, apenas dormia. Fui acordada na semana 39 pelas contrações. Meu marido estava lendo ao meu lado. Com minha mão, coloquei a dele no arco do meu ventre. Está sentindo?, perguntei-lhe. Está chutando? Não, está vindo. O primeiro parto tinha sido uma cesárea induzida, porque eu não sentia nada, as contrações nunca chegaram. Desta vez, a sensação começava na parte baixa das costas. Um calor gelado. Depois, começando pelos flancos, a pele se arrepiava e estirava. Um fenômeno mais geológico do que biológico: um tremor, um leve arqueamento, e a pança inteira começava a se elevar, como um corpo de terra emergindo, rompendo a superfície marinha. E a dor, uma dor mais parecida com uma centelha de luz, um brilho que deixa uma esteira, que deixa um rastro e que se esvai tão incompreensivelmente quanto volta a chegar.

*

Nota: "Owen nasceu em Rosário, Sinaloa. Mas isso não tem importância. Nasceu em 4 de fevereiro de 1904."

*

Quando não consigo dormir, entro no quarto dos meus filhos e me sento na cadeira de balanço. Ouço suas respirações lentas, enchem todo o quarto. A bebê também nasceu em um 4 de fevereiro. O menino médio, em um 13 de maio. Os dois nasceram em um domingo.

*

Contei a Salvatore sobre a falsa transcrição. Não conhecia Gilberto Owen, mas me ouviu, atento. Contei-lhe que Owen tinha vivido em Manhattan entre 1928 e 1930, em pleno Renascimento do Harlem e no início da grande depressão econômica. Embora Owen tenha deixado cartas, algumas notas em jornais e um punhado de bons poemas, sabe-se pouco de sua passagem por Nova York. Sabe-se, por exemplo, que viveu em um velho edifício do Harlem em frente ao parque Morningside e que nestes mesmos anos, do outro lado do parque, Lorca estava escrevendo *Poeta em Nova York*. A algumas poucas quadras dali, Zvorsky começava seu poema "That". Um pouco mais ao norte, Duke Ellington tocava no clube do México (assim se fazia chamar o dono, México: um gringo muito gringo que tinha lutado na Revolução Mexicana). Mas, pelo que deixou escrito sobre essa etapa, dá a impressão de que Owen odiava a cidade e vivia mais precisamente isolado de tudo isso. É provável que apenas tenha cruzado uma ou duas vezes com Lorca, nenhuma com Zvorsky, e que nunca tenha visto Duke Ellington tocar.

E se não? — perguntou-me no final da minha longa explicação.

E se não o quê?

O que importa se não conheceu Lorca ou não ouviu Ellington?

Acho que nada, só estou lhe contando.

Certo, isso é o que importa.

*

A primeira entrega da falsa transcrição foi um sucesso. Cheguei na sexta-feira com um maço de folhas escritas em Word, a um espaço e meio, Times New Roman. White leu-as na minha frente, em voz alta. Mostrou-se convencido, até entusiasmado. Se eram traduções de poemas de Owen feitas por Zvorsky, tínhamos encontrado um tesouro, disse. Eu era a melhor falsa tradutora que tinha conhecido, pensei. Depois, pediu-me para ver o manuscrito original que, ambos sabíamos, não existia. Tive que elaborá-lo durante o fim de semana, com a ajuda de Moby — era a única pessoa que eu conhecia que tinha ferramentas para falsificar esse tipo de objetos. Moby chegou ao meu apartamento com uma Remington dos anos vinte e papel antigo. Como uma espécie de recompensa, fizemos amor. Disse que gostava dos meus seios, embora fossem um pouco pequenos. Obrigada, disse eu.

*

Nota: "Owen morreu cego, vítima de uma cirrose hepática, em 9 de março de 1952, na Filadélfia. Inchou tanto que lhe nasceram seios."

*

Temos um vizinho que cria sapos. E baratas de Madagascar, para alimentar os sapos. Nós o encontramos na porta de casa, e o menino médio lhe conta que tem um dinossauro ao lado da cama, embora seja de plástico.

    Os sapos vivos são melhores — diz o vizinho —, porque comem os mosquitos e as baratas.

    O menino olha para ele com atenção:

Meu dinossauro come mosquitos e sapos. Mas não come baratas, tem nojo.

*

O detetive e eu tomamos um café na sala dele, enquanto ele me fazia perguntas, e eu respondia, certa de que ia resultar que a culpada era eu. Senti remorso pela calculadora que tinha roubado aos onze anos no meu colégio de freiras; assaltou-me a lembrança da vez em que uma professora de matemática lavou minha boca com sabão, argumentando que não podia me mandar de volta para casa com a língua tão suja; pesaram-me os livros que tinha roubado de tantas bibliotecas; os beijos que dei no namorado de minha amiga; os que dei na minha amiga. Caiu-me em cima o falso poemário de Owen traduzido por Zvorsky.

Quantos whiskies você bebeu?, perguntou-me.

Nem um, meio, ou três quartos.

Como descreveria o sujeito que a interpelou na saída do bar?

Negro. Meio latino. Hispânico.

Quer acrescentar alguma coisa?

Não, obrigada.

O detetive Matías se comprometeu a ligar quando resolvesse o caso. Demoraria algumas semanas, talvez meses.

*

Nosso vizinho prepara sua festa de aniversário número 41. No domingo compra 41 animais no mercado de Sonora e espalha caixas, aquários e jaulas no pátio comum da vizinhança diante dos vizinhos atônitos que vão chegando, um tanto bêbados, de suas refeições familiares. Observo-

-os da janela da sala. As crianças admiram o vizinho. Ele vai soltar os animais em um bosque no dia do seu aniversário, um animal para cada ano completo: três sapos, três tartarugas, dois pássaros, 32 baratas de Madagascar (*Gromphadorhina portentosa*) e uma lagartixa. Todos os vizinhos estão convidados para a festa. Conta-nos sobre uma viagem à Tailândia, um ritual budista, um templo, uma mulher, trinta e tantos animais, mas não o ouço. No meio do pátio duas baratas gigantes copulam dentro de um aquário.

*

Depois do empréstimo da Remington, Moby se sentiu com liberdade para vir mais e mais seguido à minha casa. Passava dias inteiros ali, enfiado na minha banheira, cozinhando, regando plantas. Eu comecei a odiar o Moby. Cheirava mal. Deixava pelos no meu sabonete. Comecei a pedir emprestado ao Salvatore sua poltrona no décimo andar, e voltava para minha casa quando tinha certeza de que Moby já havia ido.

*

Ontem meu marido me perguntou se ele deixa pelos no sabonete.

*

Há alguns anos tirei uma foto do Gilberto Owen. Isso foi o que eu disse ao Salvatore. Era uma mentira elaborada, repetida para mim mesma tantas vezes que já fazia parte de um repertório de eventos, indistinguível de qualquer outra lembrança. Obviamente, nunca tinha visto Gilberto Owen, e muito menos quando jovem, e menos ainda o fotografei. Mas foi isso que contei ao Salvatore. Estava em um café libanês da rua Donceles no centro histórico da cidade do México, e Owen passou caminhando sob um enorme guarda-chuva preto. Eram cinco e tanto da tarde. Acabava de cair uma dessas tempestades de verão que só caem na cidade do México ou em Bombaim. As ruas do centro começavam a se encher outra vez de vendedores ambulantes, turistas, baratas e daquela peregrinação triste de burocratas que voltam depressa para seus cubículos, cheios de satisfação e de culpa — as camisas amarrotadas, a pele sebosa — depois de algumas horas doces em um dos hotéis de alta rotatividade da região. Disse isso ao Salvatore e depois me arrependi. Descrever a rua Donceles para um estrangeiro tem um ar de literatura impostada que me envergonha. Mas Salvatore assentiu, comprometido com meu relato, e eu segui em frente, encorajada. Levava algumas horas sentada no café libanês, esperando que passasse a chuva, metade lendo uma edição escolar das meditações de Rousseau, metade observando um grupo de velhos que tomavam café e jogavam dominó em silêncio na mesa do lado. Tinha ficado grudada em mim uma frase rousseauniana, talvez mais artificiosa do que sensata, sobre como a adversidade é uma mestra cujos ensinamentos nos chegam demasiadamente tarde para ser verdadeiramente úteis. Salvatore, disse, se lembrava desta meditação. Levava comigo uma Pentax que tinham consertado em uma das oficinas fotográficas desta rua e, mais por aborrecimento do que por verdadeiro interesse, estivera tirando fotos dos velhos. Pupilos lerdos da adversidade, rematou Salvatore, sentindo-se muito inteligente. Quando finalmente parou de chover, dei um último gole no meu café, pus uma nota de vinte pesos embaixo do açucareiro e rumei para a porta. (Cheguei a ouvir, ao passar junto à mesa dos velhos, alguma especulação sobre o jeito exato das minhas nádegas.) Antes de sair me detive um instante olhando a rua: a cidade do México, molhada, volta a ser aquele vale que obcecou Cortés, Juan Zorrilla ou Velasco. Ergui a câmara, enfoquei um pedestre rousseauniano que naquele instante evitava um atoleiro, e disparei.

*

Nota (Owen escreve): "O burocrata normalmente sofre a influência nefanda da chuva com cristã resignação e calmamente se prepara para ir de sua casa ao escritório pelos beirais, encolhido e meticuloso, esquivando lodaçais e buracos e fazendo gestos que o põem sentimental e filosófico."

*

Hoje encontrei as *Meditações* de Rousseau no criado-mudo do meu marido. Diz que precisa delas para um artigo que tem que escrever para uma revista de urbanismo. Salvo porque a cidade do México está agora incaminhável, e seria impossível que alguém passeasse nela como Rousseau passeava durante suas meditações, não encontro nenhuma possível relação entre Rousseau e o urbanismo.

*

Certa noite, Salvatore quis dormir comigo. Conhece Inés Arredondo?, perguntei-lhe, enquanto acariciava minha perna. Não conhecia, obviamente. Vou lhe dar o melhor conto dela para você ler. Chama-se "La Sunamita". É sobre uma moça que vai visitar o tio no interior. O tio está morrendo e manda chamá-la porque quer lhe deixar todos os seus bens como herança. A jovem chega ao povoado, e em seguida o tio começa a melhorar. Obriga-a a se casar com ele e a dormir em seu leito de morte. O tio melhora e melhora, até se recuperar completamente. Salvatore me acariciava; eu, por compaixão, não o impedia. Nessa noite, depois de jantar, voltei para o meu apartamento. Antes de dormir, chorei um pouco e me masturbei, observando a foto de Owen.

*

É horrível isso da masturbação com a foto, opina meu marido. Eu me irrito, me defendo como uma barata e, para não continuar ouvindo sua recriminação, leio em voz alta um trecho de um folheto que o vizinho que cria sapos e baratas de Madagascar nos deu:

"Quando é atacada ou incomodada, a barata gigante de Madagascar se esparrama no chão ou na superfície e expulsa bruscamente o ar contido em suas vias respiratórias, produzindo um inquietante bufo, cuja finalidade é assustar o agressor."

*

Levei o falso original completo para White. A verdade é que com a ajuda do infame do Moby tínhamos conseguido algo digno de vender para um verdadeiro colecionador. White prometeu me dar uma resposta na segunda-feira seguinte e me deu o resto da semana de folga.

*

Nota (Owen a Josefina Procopio, Filadélfia, 1948): "Como este mês no dia 4 foi domingo, logicamente amanhã será terça-feira 13, e eu tenho que morrer em uma terça-feira 13. Mas, se não for amanhã, a Morte me esperará, ou eu a ela, o encontro já não será este ano. Veremos."

*

Durante minha semana livre, Dakota e Moby coincidiram no meu apartamento. Eu não conseguia aguentar os dois ao mesmo tempo, então na sexta-feira resolvi ir para a Filadélfia visitar a Laura e a Enea e ver se no consulado mexicano havia algum arquivo com documentos sobre Owen. Tomamos café da manhã os três, e saí. Moby passaria o fim de semana inteiro de calção. Dakota estaria ocupando a banheira todo o tempo. Talvez, em algum momento, Moby teria entrado no banheiro e visto a roupa de Dakota jogada no chão, ao lado da privada. Viu uma panturrilha e um pé, as unhas pintadas. Desculpou-se e saiu do banheiro, fez um café ou preparou um desjejum. Dakota terá saído um pouco depois, enrolada na minha toalha. Talvez tomaram café juntos, talvez comeram. Certamente fizeram amor na minha cama e tomaram o café da manhã novamente no sábado e no domingo. Talvez, outro domingo, teríamos ido os três para a cama.

*

Aos domingos, meu marido, as crianças e eu ouvimos Rockdrigo e comemos *hotcakes* no café da manhã. Mas não neste domingo. Meu marido está zangado. Por um descuido meu, voltou a ler algumas destas páginas. Pergunta-me quanto tem de ficção nelas, quanto de verdade.

*

Nesta etapa dei para mentir. Mentia cada vez mais, até em situações que definitivamente não mereciam. Imagino que esta seja a lógica da mentira: um dia você coloca a primeira pedra, e no dia seguinte tem de colocar duas. Quando estive na Filadélfia, minha irmã me levou a um consultório médico porque eu estava com dor no rim — ou talvez no ovário — esquerdo. O consulado tinha ficado fechado todo o fim de semana, então não fiz mais que caminhar com a Laura e a Enea, comer comida chinesa e depois ir ao médico por ter ingerido muito glutamato. A recepcionista me estendeu um formulário que dizia mais ou menos isto:

    É sua primeira vez aqui? Sim.
    Sente dor no peito? Sim, muita.
    Está desempregada? Sim.
    A que grupo étnico pertence? Caucasiano.
    Pertence a alguma igreja? Sim.
    Qual? Anglicana.
    Há casos de câncer na sua família? Não.
    Qual é seu número de seguro social? 12345.

*

Hoje foi o aniversário do nosso vizinho: finalmente não nos convidou para a festa.

*

O carteiro passou esta manhã. Estendeu-me um postal, e eu lhe devolvi cinco pesos de gorjeta. O postal vem da Filadélfia e é para o meu marido. Eu o leio. Fervo de raiva. Talvez, há alguns anos, teríamos rido juntos; teríamos analisado a sintaxe desproporcionada dos que vendem alguma forma da felicidade pretérita e futura, depois nos embebedaríamos e faríamos amor na cozinha, fingindo por uma noite que não tínhamos passado. Mas sempre escolhemos, porque de alguma forma escolhemos, ensaiar princípios de finais, tremores prévios.

*

Quando voltei da Filadélfia fui imediatamente procurar White na editora. Não estava, mas encontrei um bilhete colado no meu computador: "Você ganhou. Publicamos primeiro este documento, com uma nota introdutória apontando que muito provavelmente pertença ao próprio Z. Mas ainda é preciso trabalhar mais a maior parte dos poemas. Não convencem. Quando tiver terminado, e tenhamos gerado suficiente expectativa na imprensa, publicamos um livro com as traduções completas do O. Yours, W. P.S. Você foi ao cemitério na Filadélfia? Soube que Owen está enterrado lá."

*

Nota (postal de Owen para Josefina Procopio, Filadélfia, 1950): *"Robin Hood Dell.* É o cenário aberto para o além-túmulo mais completo que se conhece. Os fantasmas de trás, do Laurel Hill Cemetery, vêm dar concertos que outros fantasmas, do grande cemitério chamado Filadélfia, aplaudem. Quando parece que o Dell está cheio, tomam uma fotografia e aparece tudo vazio, pois a placa é insensível aos fantasmas. Eu sou a sombra marcada com um X."

*

Imagino que seja normal. Que chega um dia em que as antigas amantes do seu marido olham para as pernas, choram um pouco, enfiam umas meias arrastão e escrevem uma carta ao seu primeiro amor. Algumas noites, quando seu próprio marido e seus filhos já estão dormindo, colocam um disco antigo. Embebedam-se um pouco. Escrevem cartas com uma gramática desesperada, enrolada: linhas interrompidas como pernas varicosas. Na manhã seguinte vão a aulas de ioga e tingem o cabelo de vermelho vivo. Talvez, um dia, façam uma tatuagem de aranha no ventre. O mais provável é que esse primeiro namorado tenha passado anos trocando correspondência com elas, assim que elas se sentirão com liberdade para escrever uma carta a qualquer momento, de qualquer jeito, e reclamar sua porção de juventude perdida, sua felicidade a conta-gotas. Eles, se forem infelizes com a mulher, corresponderão. Elas, se ainda não se envergonharem de seu corpo, os convidarão para ir a um hotel. Um hotel da Filadélfia.

*

Pedi uma entrevista com o detetive Matías e fui visitá-lo nos escritórios da polícia. Não venho para falar sobre o caso, disse-lhe enquanto me sentava diante dele na sua sala — tinha ido vê-lo outras duas vezes e conseguira que já não me recebesse na sala de interrogatórios. Quero apenas fazer uma pergunta. Ele me ouviu.

O que acontece se alguém publica alguma coisa dizendo que foi escrita por outra pessoa?

Como um *negro literario*? (A palavra que usou foi *ghostwriter*, assim não havia carga racial-emotiva.)

Mais ou menos.

Não sei. Não leio muito. Mas no Natal passado minha filha me deu de presente *The Maltese Falcon*. Você já leu?

*

Meu marido e eu fomos convidados para um jantar. Entro no banheiro para delinear os olhos antes de sair. Maquio-me e escovo os dentes. Tenho olheiras muito escuras. Fechamos a chave do gás, as janelas e as portas que dão para o pátio interno. Apagamos todas as luzes (deixamos a do corredor acesa). Despedimo-nos das crianças e da babá. Puxo-o pelo braço para fora da casa, e ele me conta que, antes de sair, matou uma barata de Madagascar ao lado do berço da bebê. Em seguida diz: talvez tenha de ir a Filadélfia imediatamente. Solto-o e digo que tenho que verificar a bebê mais uma vez, que essa história da barata me apavora. Entro na casa e acendo as luzes. Meu marido me segue. Abro a chave do gás e a porta que dá para o pátio interno. Não quero sair, não quero ir a nenhum jantar. Entro no quarto das crianças, e o rangido da porta acorda a bebê. Ela chora, tenho que pegá-la no colo. Não posso ir com você, digo, é melhor você ir sozinho.

*

Deixar uma vida. Dinamitar tudo. Não, não tudo: dinamitar o metro quadrado que a gente ocupava entre as pessoas. Mais precisamente: deixar cadeiras vazias nas mesas que se compartilhava com os amigos, não como metáfora, mas na realidade, deixar uma cadeira, tornar-se um buraco para os amigos, permitir que o círculo de silêncio em torno da gente se alargue e se encha de especulações. O que poucos entendem é que alguém deixa uma vida para começar outra.

*

Nota: "Entre 1928 e 1929, Owen teve um emprego medíocre no consulado mexicano de Nova York. Durante esse tempo, escreveu um artigo intitulado 'Sistema em série para podar, limpar e selecionar o amendoim'."

*

O menino médio conversa com o fantasma da casa. Ele me conta isso enquanto damos banho na bebê. Ele molha a cabeça dela com uma esponja enquanto eu passo sabonete neutro em todo o corpo. Sabemos que estamos manipulando algo muito frágil. Dobras e dobras de carne muito delicada.
 Sabe de uma coisa?
 O quê?
 Consencara não me dá mais medo.
 Que bom.
 Não se preocupe, mamãe, Consencara vai cuidar de nós quando o papai for para a Filadélfia.
 Por que diz que o papai vai viajar para a Filadélfia?
 Mas onde fica a Filadélfia?

*

A seleção de poemas foi publicada em uma revista pequena, mas prestigiosa, e depois disso, graças ao selo de qualidade que o nome de Zvorsky imprimia a tudo aquilo, veio a chuva de "aparições" necessária para um autor se colocar no mercado: apareceram resenhas, primeiro em obscuras páginas de internet especializadas em autores do terceiro mundo e escritores minoritários em geral (minorias étnicas, raciais, sexuais *et cetera*), e depois em revistas digitais da elite intelectual; apareceram artigos nos *journals* universitários, que creditavam a veracidade do "manuscrito do poeta Zvorsky traduzido pelo grande poeta mexicano Gilberto Owen, achado na Casa Hispânica da Universidade de Columbia"; apareceu um "Arquivo Owen" no departamento de Letras Hispânicas da Universidade de Austin; em Harvard apareceram os artigos que Owen tinha escrito nos anos trinta e quarenta para *El Tiempo* de Bogotá, que um professor reuniu e publicou em um volume da editora Porrúa, na Cidade do México, e que em seguida foi traduzido e publicado pela Harvard University Press; apareceu uma chuva de manuscritos apócrifos relacionados com a estância de Owen em NY; apareceu, até, um número perdido da revista *Exile*, editada por Ezra Pound, com seleções do poemário *Línea*, publicado por Owen por volta de 1930. Nossos planos iam bem. Tínhamos, como prestidigitadores, feito aparecer um autor. Eu continuaria trabalhando os poemas, e teríamos o livro pronto em questão de meses.

*

A casa da Filadélfia está quase terminada, agora sim. Meu marido deixou os planos em cima da sua mesa, e agora sou eu quem busca alguma coisa. Bisbilhoto. Em alguns planos aparecem duas figurinhas, um homem e uma mulher traçados grosseiramente a lápis, que habitam esta casa. Comem na cozinha, tomam banho juntos em uma banheira enorme, dormem em um quarto diante de uma grande vidraça.

 Entro no computador dele para ver se encontro outra pista. O programa que usa se chama AutoCAD. Abro-o, clico, abrem-se janelas e janelas, uma casa completa, tridimensional, com espaços amplos, portas de madeira. Tem até poltronas, estantes e plantas. Mas não o encontro, nem tampouco a ela.

*

Dakota se mudou de casa no começo do verão. Era um apartamento em Queens, perto de um cemitério. No dia em que lhe entregaram as chaves, fomos comprar três latas de tinta azul-cobalto. Queria que seu banheiro fosse como o de Juliet Berto em *Celine et Julie vont en bateau*. Abrimos todas as janelas e ficamos só de calcinha. Pintamos o banheiro, a cozinha e a metade do único quarto. Pintamos os mamilos de azul-cobalto. Quando terminamos a pintura, nos atiramos de costas no chão do quarto e acendemos um cigarro. Dakota quis que trocássemos nossas calcinhas.

*

Nota: (Owen a Salvador Novo, Filadélfia, 1949): "Aqui, no verão, saem nas mulheres umas erupçõezinhas que chamam seios; são umas coisas perturbadoras que, às vezes, resultam no que chamam *cheaters*, os quais podem ser adquiridos em qualquer casa de modas femininas."

*

Há alguns dias, há operários trabalhando na casa da frente. Estão tirando o piso de assoalho antigo, substituindo-o por parquê. Ouvem rádio o dia inteiro. Dessa forma fico sabendo o que está acontecendo lá fora, no México, no mundo: um terremoto na Ásia, eleições fictícias no Nepal, 72 migrantes centro-americanos assassinados pelo narcotráfico. A mesma coisa todos os dias.

Os operários já sabem a que horas amamento a bebê, em uma cadeira de balanço junto à janela. Observam-me do terraço, alinhados como recrutas, espectadores de um evento a que não serão convidados. Fecho as persianas e desabotoo a blusa.

Meu marido continua lendo de manhã o que escrevo à noite. Tudo é ficção, digo, mas ele não acredita.
Você não estava escrevendo um livro sobre Owen?
Sim — digo —, é um livro sobre o fantasma de Gilberto Owen.

*

Em *As mil e uma noites* a narradora enlaça uma série de relatos para adiar o dia de sua morte. Talvez um mecanismo semelhante, mas inverso, sirva para esta história, para esta morte. A narradora descobre que enquanto tece um relato, a malha de sua realidade imediata se desgasta e se rompe. A fibra da ficção começa a modificar a realidade, e não vice-versa, como deveria ser. Nenhuma das duas coisas é sacrificável. O único remédio, a única maneira de salvar todos os planos da história, é fechar uma cortina e abrir outra: fechar uma persiana, para poder desabotoar a blusa: desescrever uma história em um arquivo e urdir uma trama diferente em outro, Penélope esquiva. Escrever o que aconteceu de fato e o que não. No final de cada dia de trabalho, escolher parágrafos, copiar e colar, guardar; deixar apenas um dos dois arquivos abertos para que o marido os leia e satisfaça sua curiosidade até saciá-la. O romance, o outro, chama-se *Filadélfia*.

*

Começa assim: Tudo aconteceu em outra cidade e em outra vida. Era o verão de 1928. Eu trabalhava como escrivão no consulado mexicano de Nova York, redigindo ofícios sobre o preço do amendoim mexicano no mercado ianque, que estava prestes a explodir — como um saco de amendoins: um saco de mexicanos. Passaram quase vinte e cinco anos desde então; mesmo que quisesse, não poderia escrever esta história como se ainda estivesse ali e fosse aquele jovem magro e cheio de entusiasmo, traduzindo Dickinson e Williams, enfiado em uma bata cinza.

(Gostaria de ter começado como começa *The Crack-Up* de Fitzgerald.)

*

Meu marido tem uma história futura na Filadélfia sobre a qual não sei nada. Uma história que talvez aconteça no avesso de seus planos. Não quero saber mais. Torturam-me, *a priori*, irremediavelmente, pedaços de uma vida já traçada e ainda não vivida, onde há uma mulher, em uma casa sem crianças, uma mulher segura de si, que geme enquanto trepa. Meu marido esboça tudo isso em seus planos e acha que não percebo.

*

Meus filhos vivem com minha ex-mulher, cadelinha em Nova York, ela é uma *criolla* provocadora de *criollos*. Eu tenho um apartamento e um túmulo na Filadélfia. Ela é filha de um militar colombiano, ex-presidente; eu, filho de um irlandês caçador de ouro de quem não herdei o ruivo, mas sim o ressentimento de classe e a vocação para o desperdício. Nos conhecemos em Bogotá, lá nos casamos. Tivemos dois filhos em regra e fomos, como quase todos, infelizes — *largely unhappy*, diriam elegantemente os ianques. Faz alguns anos, ambos demos o golpe. Eu perdi tudo em uma casa de jogos bogotana e me mandei para a Filadélfia. Ela não perdeu nada e se mandou para Manhattan para começar uma carreira de poeta latino-americana ressentida.

Dar o golpe: deixar seu marido no auge dos trinta para se dedicar aos maridos das outras. Dar o golpe: deixar sua mulher na porta dos cinquenta para se dedicar às que não têm maridos.

*

O problema com os *criollos*, e até em maior medida com as *criollas*, é que estão convencidos de que merecem uma vida melhor do que a que têm. A mente *criolla* está convencida de que sob a casca do crânio carrega um diamante que alguém teria que descobrir, polir e colocar em uma almofada vermelha, para que outros se admirem, se espantem, se deem conta do que sempre perderam.

*

Moro na Filadélfia há três anos. Consegui, depois de uma armação na Secretaria de Relações Exteriores da qual prefiro não deixar nota, a nomeação de cônsul honorário. Mas já não importa nada disso: estou ficando cego, estou gordo, tão gordo que tenho seios, às vezes tremo, talvez gagueje. Tenho três gatos e vou morrer logo.

*

O metrô, suas múltiplas estações, suas avarias, suas acelerações repentinas, suas áreas escuras, poderia funcionar como esquema do tempo do romance.

*

A cada quinze dias vou a Manhattan para visitar as crianças. Voltar uns vinte anos depois a esta cidade onde morri tantas vezes tem um pouco de peregrinação ao cemitério, só que, em vez de levar flores para um parente longínquo ou lamentar diante do túmulo de uma criança desconhecida, eu vou me encontrar com os homens e as mulheres que nunca fui, mas que ao mesmo tempo nunca consegui deixar de ser.

*

O metrô me aproximava das coisas mortas; da morte das coisas. Certo dia, quando voltava para minha casa na linha um do sul da cidade, voltei a ver Owen. Desta vez foi diferente. Desta vez não foi uma impressão exterior provocada por algo alheio a mim, como naquela noite no bar do Harlem, nem uma impressão fugaz como já tinha acontecido antes no metrô, mas algo como uma pancada interna, uma certeza aguda de que estava diante de uma coisa bonita e ao mesmo tempo terrível. Ia olhando pela janela — nada além da escuridão espessa dos túneis — quando outro trem se aproximou por trás e por alguns instantes andou na mesma velocidade que o trem onde eu estava. Vi-o sentado, na mesma posição que eu tinha adotado, com a cabeça encostada na janela do vagão. E depois mais nada. Seu trem acelerou, e passaram diante de meus olhos, desfeitos e afantasmados, muitos outros corpos. Quando novamente ficou escuro atrás da janela, vi no vidro minha própria imagem difusa. Mas não era o meu rosto; era o meu rosto sobreposto ao dele — como se seu reflexo tivesse ficado plasmado no vidro, e agora eu me refletisse dentro daquele duplo preso na janela do meu vagão.

*

Um romance horizontal, contado verticalmente. Um romance que se deve escrever de fora para se ler de dentro.

*

É obvio que há muitas mortes ao longo de uma vida. A maioria das pessoas não se dá conta. Acham que morrem uma vez e pronto. Mas basta prestar um pouco de atenção para perceber que a gente vai embora e morre com frequência. Não é um modo poético de falar. Não estou dizendo que a alma isso ou a alma aquilo, mas que um dia a gente atravessa uma rua e é atropelada por um carro; outro dia dorme na banheira, e ali fica; e outro, rola pelas escadas do prédio e parte a cabeça. A maioria das mortes não importa: o filme continua correndo. É exatamente aí que tudo dá um giro, embora seja imperceptível e os resultados não sejam sempre imediatos.

Eu comecei a morrer em Manhattan, no verão de 1928. Certamente, ninguém além de mim se dava conta das minhas mortes — as pessoas estão muito ocupadas com suas próprias vidas para reparar nas pequenas mortes dos outros. Eu me dava conta porque, depois de cada morte, tinha febre e perdia peso.

Pesava-me todos os dias, para ver se no dia anterior tinha morrido. E, embora não acontecesse tão seguido, fui perdendo libras a uma velocidade alarmante (nunca soube quanto em quilos). Não ficava mais magro. Só perdia peso, como se estivesse me esvaziando por dentro, embora minha forma externa continuasse intacta. Agora, por exemplo, sou um gordo peitudo e peso apenas três libras. Não sei se isso significa que restem três mortes, como se fosse um gato em contagem regressiva. Acho que não. Acho que a próxima é para valer.

*

Não um romance fragmentário. Um romance horizontal, contado verticalmente.

*

Acompanhei Dakota ao cemitério de Queens perto da sua casa. Íamos deixar um buquê de flores para Lucky Luciano, um mafioso com o qual ela afirmava compartilhar um remoto laço de sangue. Apunhalaram Luciano no rosto em 1929 e lhe deixaram um olho vesgo. Dakota me contava a cena com uma precisão quase literária, enquanto percorríamos os longos corredores do cemitério, semeados de fotografias e açucenas. Três homens o tinham enfiado em uma limusine a ponta de metralhadora e devastado seu rosto com uma navalha, mas preferiram não matá-lo. Largaram-no em uma praia de Long Island. Lucky Luciano caminhou até o hospital mais próximo, tapando a concha do olho lesado com a mão. A história me parecia mais hilariante do que trágica, apesar do esforço que Dakota fazia para me comover. Depois de um tempo procurando seu túmulo, demos com o de Robert Mapplethorpe. Dakota teve um ataque de falsa nostalgia e quis que parássemos um pouco. Pediu silêncio. Nunca gostei das fotos do Mapplethorpe, mas condescendi, e nos sentamos para tomar sol, cada uma de um lado da lápide, como duas efígies prematuras de Patti Smith. Depois de alguns minutos, um gato branco apareceu entre os arbustos e se prostrou no colo de Dakota. Pareceu-lhe um sinal de alguma coisa, e talvez tivesse razão. Quis levá-lo para sua casa. Tentei dissuadi-la, pois os gatos de cemitério nunca se acostumam à companhia dos vivos, mas Dakota não me deu ouvidos. Deixamos para Mapplethorpe as flores que tínhamos levado para o pobre Lucky Luciano e fomos comprar comida para gatos.

*

Salvatore organizou uma festa. Venha com seus amigos, disse. Estava com ânimo de comemoração, histérico, preparando seu aniversário número 70. Examinou comigo o cardápio, uma e outra vez: porco recheado com sementes de romã, salada com nozes da Índia e queijo de cabra, arroz branco com leite de coco. Levei Dakota, que levou o gato e seu ex-namorado; levei Moby e Pajarote; chamei White, que não foi; levei seu toca-discos de volta. Chegaram também, em um agonizante pouco a pouco, alguns amigos de Salvatore. Uma mulher que tinha sido bailarina e continuava mostrando as clavículas e encolhendo o umbigo, como se o porte curasse os embates de tantos anos sem usar malhas e tutu; um velho professor de biologia que cruzava moscas-das-frutas em um laboratório; uma jovem, aluna de oceanografia, que tentava ganhar pontos com o aniversariante.

    Comemos em volta de uma mesa baixa e cheia de papéis, no centro da sala. Ouvimos partes de discos enquanto roçávamos pernas e ombros, atirados no sofá ou no chão, gerando falsas expectativas de uma orgia degenerada que não aconteceria. Salvatore falou durante horas sobre a ereção de um jovem napolitano que tinha visto em uma praia nudista aos dezessete anos. Enquanto mastigávamos pedaços de carne de porco, fez alguma referência ao filme de um diretor de cinema português, de cujo nome nunca me lembro, em que alguém come uma romã a mordidas. Era, ao que parece, uma cena erótica. Alguém vomitou na cozinha. O gato de Dakota comeu o vômito. O professor de biologia tomou a batuta, com especulações sobre a relação entre a quantidade de açúcar na fruta e os ciclos reprodutivos das moscas. A aluna de oceanografia se sentou no respaldo da poltrona, atrás de Salvatore, e lhe ensinou os pontos fundamentais da massagem tailandesa enquanto refletia sobre o quanto era triste a iminente extinção do tubarão australiano. Pajarote adormeceu nas pernas de Dakota. Ela cantarolava algo de Bessie Smith e acariciava a cabeça do ex-namorado, que estava sentado no chão, esfregando seu pé no meu enquanto folheava os papéis que Salvatore tinha disposto na mesa, em uma desordem encenada exclusivamente para esta noite, a noite do seu aniversário.

 Querem café? — perguntou o aniversariante, depois de um longo silêncio.

 Vários levantaram a mão. Salvatore saiu da sala e não voltou. Tinha caído, rendido, em sua cama. Antes de ir embora, passamos todos pelo quarto dele, em fila indiana. Sua aluna o beijou na testa e todos a imitamos. Como em um funeral. Depois, todos saíram ao mesmo tempo, como os bailarinos fantasmas de uma coreografia hipotética. Ficamos Moby e eu. Tentamos fazer amor na poltrona de Salvatore, ele tocava meus seios. Quis beijá-lo, mas sua nuca cheirava a romã e carne de porco e tive que ir ao banheiro vomitar. Quando voltei à sala, Moby tinha ido embora. Essa foi a última vez que o vi.

*

Parei de amamentar a bebê. Passei cinco dias com os seios vermelhos e muito duros. Mas a ideia de deixar de produzir leite me anima. Não era fácil, nunca é fácil, ser uma pessoa que produz leite.

*

Quando Moby desapareceu, Pajarote começou a me visitar novamente todas as quartas-feiras. No café da manhã comíamos pão torrado com queijo e mel; eu tomava café com leite, e Pajarote, uma lata de coca-cola. Explicava-me teorias sobre o grau de opacidade semântica e convencionalidade das metáforas. Estava escrevendo um ensaio sobre os juízos e sua relação semântica com uma palavra associada ao significado figurado e literal dos enunciados. Eu gostava mais da teoria dos gatos. Falava com a boca cheia enquanto comia sua torrada, entusiasmado, deixava cair migalhas na mesa e no chão da cozinha. Quando ia embora, eu aspirava o apartamento furiosamente.

*

Entupiram-se as duas privadas da casa. Primeiro a de baixo. Transborda quando se puxa a descarga. Sai caca por todos os lados. Meu marido a desentope, inunda o banheiro de cloro, limpa freneticamente o chão com uma vassoura. E nada. Depois o de cima. A mesma coisa.

*

O significado figurado e literal dos enunciados: Salvatore não era oceanógrafo; era professor de oceanografia.

*

O detetive Matías demorou vários meses para voltar a me contatar. Mas finalmente ligou. Fechamos o caso, anunciou-me por telefone, me transferiram para outro bairro. Me desculpo pessoalmente por não ter conseguido nada. Fui visitá-lo mais uma vez no seu escritório da rua 126. Ofereceu-me um café e me falou de sua infância de menino equatoriano no Bronx. Odiava os negros sem nenhum pudor. Dois afro-americanos lhe partiram a cara no pátio do recreio porque não conseguia enfiar a bola no cesto. Partiram-me a cara e me baixaram as calças e as cuecas, disse-me. Viram meu *culito*, disse-me, pela primeira vez em espanhol.

*

A linha um cruza Manhattan de sul a norte. Começa no embarcadouro situado no extremo sul da ilha, atravessa parte do Chelsea e chega até a Universidade de Columbia nos arredores da rua 116, onde Owen tomava o trem todos os dias para o extremo sul da cidade, depois de se pesar em uma balança ao lado da bilheteria. O trem sobe para o Harlem, e depois não sei mais. A via continua e continua, além da ilha, além desta história.

*

Meu marido nos anunciou durante o café da manhã que irá à Filadélfia logo, que não sabe quanto tempo terá que estar fora.

Você tem um trabalhório na Filadélfia? — pergunta o médio.

Ele não liga e continua falando.

Papai, papai — insiste —, tem um trabalhório de queijo Filadélfia.

Pa-pá, diz a bebê.

*

A Filadélfia está caindo. E este apartamento está caindo. Há muitas coisas, muitas vozes. Há três gatos que apareceram um dia assim sem mais nem menos. Também apareceu um fantasma, ou vários. Não vejo os fantasmas nem tampouco distingo muito bem os três felinos, mas no meu mundo de sombras brancas são mais um estorvo com que tropeço todos os dias — como a escrivaninha, a poltrona onde antes lia, como as portas entreabertas.

Certamente, minha cegueira não foi imediata, nem tampouco a aparição dos inquilinos. Mas desde o dia em que começaram a chegar todas estas coisas — a cegueira, os gatos, o fantasma e, mais adiante, as visitas esporádicas de pessoas que eu não tinha convidado, as aparições de móveis e dezenas de livros que não tinha adquirido, certamente as moscas e baratas e principalmente a árvore plantada em um vaso que um dia encontrei na rua —, soube que tinha começado o final. Não o meu, mas o final de alguma coisa com que eu tinha me identificado tão estreitamente que acabaria também comigo.

As tragédias pessoais, como a cegueira paulatina e fatal, se impõem a nós como as cataratas aos olhos-d'água onde caem. Suponho que daí o eufemismo das cataratas. A cegueira, como os castigos e as cataratas, vem de cima, sem um propósito ou sentido determinável; e a aceitamos com a modesta resignação de um corpo de água preso em uma bacia, perpetuamente alimentado por mais de si mesmo, e finalmente substituído por sua própria matéria doente. Minha cegueira é branca-preta e eu tenho o Niágara bem em frente.

*

Finalmente chegou o dia que White havia esperado com tanto entusiasmo, e eu, com horror: um crítico do *New York Review of Books* queria entrevistar a mim e a White, para publicar um perfil integral de Owen. Eu tinha terminado a tradução e, junto com o perfil, seria publicada uma prévia do livro, que sairia alguns meses depois. Agendamos a entrevista com ele para dali a uma semana.

White me convidou a brindar por Owen e a cortar sua árvore. Finalmente se decidiu a fazê-lo. Usaríamos uma serra elétrica que ligaríamos com uma extensão a uma tomada do seu apartamento. Tínhamos dois pares de luvas grossas, de couro. Botas de chuva. Uma garrafa de whisky. Muito aprumo.

Mas a serra não funcionou. Pedimos pizza, e White me falou de sua mulher, do quanto tinha sido difícil o primeiro ano sem ela, da impossibilidade de se desfazer de sua roupa, seus livros, seus artigos de toucador. White era um homem inconsolável. Tinha decidido montar a editora porque era um projeto que ela havia concebido.

Por que me contratou para a editora, White?, perguntei-lhe depois de um longo gole da garrafa.

Porque me dei conta, no dia em que te entrevistei, de que você fumava o mesmo cigarro que ela. Era um modo de cheirá-la todos os dias. Mas Owen, falemos de Owen e Zvorsky.

Tocou-me fundo, percebi algumas horas ou talvez alguns dias depois, saber que White nunca tinha acreditado em mim. Nem em Owen. Se tinha me contratado era porque eu cheirava um pouco como sua mulher. Se íamos publicar o Owen, era porque White queria publicar o Zvorsky, ainda que fosse apocrifamente. Eu era um rastro, fumaça, um fantasma, nada mais.

*

Assim é a doença: uma substituição da gente mesmo pela gente mesmo — o fantasma da gente mesmo. Mas de uma vez, a doença, e provavelmente de um modo particular um mal como o meu, que se expressa na cegueira, permite ao afligido olhar-se como olharia a pitoresca queda de umas cataratas impetuosas — de longe, sem se molhar, sobressaltado, mas não *tocado* pela experiência. Tudo o que começou a me acontecer desde que cheguei à Filadélfia — meu corpo cada vez mais gordo, meu rosto desaparecendo na minha frente no espelho, as sombras das coisas substituindo platonicamente as próprias coisas — começou a acontecer com aquele outro, o fantasma de mim, o pobre babaca preso sob o jorro constante das cataratas.

*

Em todos os romances falta alguma coisa ou alguém. Neste romance não há ninguém. Ninguém a não ser um fantasma que às vezes via no metrô.

*

Eu me pesava todos os dias na estação do *subway* da rua 116. Pesava cada vez menos, desaparecia devagar dentro do meu terninho de burocrata mal-amado, e escrevia para uma moça muito bonita e muito magra para lhe dizer que estava engordando, que já era um homem, quase, que se casasse comigo, vamos, não seja má. Mentia: 125 libras, 126 libras. Amada Clementina, doce Dionísia, começavam minhas cartas. No fundo, eu mesmo não acreditava em nada do que escrevia, mas gostava da ideia de ser um poeta despeitado em Nova York. Levava uma vida idiota, mas gostava. Guardava uma distância quase metafísica das coisas e das pessoas, mas gostava. Sentia-me fantasma, e isso era do que mais gostava. Não sabia que eu era dessas pessoas que têm o dom de produzir *self-fulfilling prophecies*, como dizem os ianques. Não sabia que, com o tempo, me afantasmaria de verdade. Tinha vinte e tantos anos, dava-me o luxo de escrever sobre meu corpo magro, de me masturbar diante da janela metido em uma bata de seda cinza — cinza como minha juventude no Harlem, parda como todas as juventudes em bairros que têm nomes literários.

*

Alguns dias depois daquela conversa com White, recebi um convite eletrônico de não sei que instituto que homenageava artistas mexicanos radicados no Brooklyn. Desde o primeiro instante, soube em que tipo de pesadelo eu me meteria se acabasse indo. Esse tipo de evento me parecia, já então e acho que com razão, mais um daqueles rituais da barbárie latino-americana do século XIX. A diferença era que agora não existia um Rubén Darío que pudesse escrever uma crônica redentora que dilapidasse justamente os responsáveis.

Pedi a Pajarote que me acompanhasse ao evento. Vamos paquerar trustafarians *criollos*!, disse — e no início não soube se entusiasmado ou com franco sarcasmo. Pajarote me explicou que os trustafarians eram assalariados, como nós, só que pelos pais. Em Nova York viviam como boêmios, mas no México tinham criadas com uniforme. Cheiravam cocaína, mas eram vegetarianos. Vestiam-se como adolescentes — camisetas que dizem "Brooklyn" e "Mind the Gap" —, mas eles têm pouco cabelo, e elas, pés de galinha.

Alugamos um traje de época em alguma rua do Soho — a verdade é que não sei se dos vinte ou dos cinquenta ou uma mistura malfeita de ambos — e chegamos de braços dados, cheios de rancor e ódio de classe média. Ofereceram-nos um mezcal e um *brinquito*: "Verde ou alaranjado?", perguntava uma bonitona de minishort com um crachá que dizia "Fanni" e falsos bigodes a la Frida Kahlo. Nós dois escolhemos verde e nos perdemos entre nossos compatriotas trustafarians.

Queria falar com Pajarote. Era a única pessoa com inteligência moral que eu conhecia nesta cidade, o único que saberia me dizer o que fazer com as traduções de Owen. Toda essa questão não me pesava moralmente. Mas estava irritada. Estava cansada. Mas naquela noite Pajarote não ligou para mim. Seduziu a *brinquitos* Fanni em seguida: colocou uns óculos falsos, de armação pesada e lentes grossas, e andava muito seguro de si mesmo. Dava a impressão de que era um rockstar londrino

— lânguido, indiferente. Eu continuei bebendo *mezcales* de asa de frango, melhor dizendo sozinha, me detendo com esmero diante de todos os quadros e instalações do local (*loft*), até que chegou um carequinha que poderia ter sido bonito se tivesse se esmerado um pouco menos em ser jovem, interessante e simpático, tudo ao mesmo tempo.

 Eu pintei esta mãe.
 Eu gosto desse dos pés.
 São os pés da minha ex-namorada.
 Desculpe.
 Não há de... Tem cartão?
 (Foi o que disse: de.)
 Não.
 A senhorita não tem cartão!
 (Era uma pessoa que falava com sinais de exclamação e pedia cartões.)
 Vou lhe dar o meu... Se deixar, pinto um quadro seu.
 (Era uma pessoa que falava reticências e entregava cartões.)
 Obrigada.
 Como se chama? — perguntou.
 Owen.
 Não é nome de homem?
 Assim me chamo.
 Eu gostaria de ver os seus pés...
 Meus o quê?
 O carequinha me convidou ao seu próprio *loft*. Sou artista, disse, vivo por aqui no Brooklyn — como se dizer artista e Brooklyn fosse erigir um mundo autossustentável. Tomamos um táxi que ele, obviamente, pagou. Antes de sair, despedi-me de Pajarote, pesarosa, derrotada, humilhada, mas sentindo que de algum modo era culpa dele que eu estivesse indo com um trustafarian.

Subi no carro, tirei os sapatos e acomodei os pés nus no meio das pernas do carequinha.

*

Acho que quando era jovem carregava uma sensação constante de insuficiência social — nunca era o mais simpático, nem o mais eloquente de uma mesa; nunca o mais lido, nem o melhor escritor; nem o mais sortudo, nem o mais habilidoso; definitivamente nem o mais arrumado, nem o que tinha mais sorte com as mulheres. Mas ao mesmo tempo albergava a secreta esperança, ou melhor, a secreta certeza, de que um dia acabaria de me transformar em mim mesmo; na imagem que durante anos tinha elaborado de mim mesmo. Quando releio agora as anotações ou os poemas que escrevia então, ou quando me lembro das conversas com os outros jovens da minha geração e das ideias que defendíamos com tanto arrojo, percebo que fui ficando cada vez mais babaca. Levo muitos anos dormindo, cochilando. Não sei explicar em que momento começou a se inverter o processo que eu imaginava linear e ascendente, e que finalmente resulta ser uma espécie de bumerangue desumano que retorna e lhe derruba os dentes, o entusiasmo e os culhões.

*

Pergunta o menino médio, me mostrando um desenho:
 Sabe o que tem embaixo desta casa?
 O quê?
 Ovos.
 Ovos?
 Sim, ovinhos.
 E o que mais?
 E pontinhos, uns 56 pontinhos.

E em cima da casa? O que é isso?
Em cima tem um homem dormindo.

*

Quando dormia em camas alheias, dormia profundamente e me levantava muito cedo na manhã seguinte. Vestia-me rápido, roubava algum objeto — toalhas, principalmente, que cheirassem gostoso, ou camisetas brancas — e saía à rua com bom humor. Comprava um café para viagem, um jornal, e me sentava em algum lugar público e em plena luz do dia para ler. O que mais gostava de dormir em camas alheias era precisamente isso, acordar cedo, sair correndo, comprar um jornal de verdade e ler ao sol.

*

Meu marido passa atrás de mim enquanto escrevo. Massageia meus ombros, muito duros, e lê o que há na tela.
É ele quem diz isso ou é você?
Ele.
E você, com quantos homens transou?
Só com quatro, talvez cinco.
E agora?
Com você. E você?

*

Nota (Owen a Villaurrutia): "Não estou apaixonado. É uma sueca. Tive-a virgem, que é uma experiência mística recomendável. Tem um ardor frio. Atira-se para mim como as mulheres hindus na pira em que arde o corpo do rei consorte. E, como se levanta antes de mim, nunca tenho certeza se não dormi com uma estátua de neve que derreteu."

*

Passei quatro dias e três noites escondida, não sei bem de quê ou de quem, na casa do carequinha. Na primeira noite, não conseguiu uma ereção. No segundo dia, saiu antes que eu despertasse e não voltou para dormir. Liguei para o Pajarote para saber como tinha sido com Fanni, a recepcionista, e ele não atendeu o telefone. Quando ficou claro que o dono do apartamento não voltaria para dormir naquele dia, falei com Dakota e a convidei para passar a noite comigo. Chegou por volta das dez, e vimos *Pet Sematary* projetado em uma parede branca, enorme. Jantamos latas de surimi e tomamos banho juntas em uma banheira cheia de figurinhas estelares de caricaturas dos anos noventa: estavam Úrsula, a mulher polvo, a hiena de *O Rei Leão*, Aladin, uma das fadas gordas de *A bela adormecida* e um smurf filósofo. Dakota cantou todos os trechos das canções que lembrava. Eu, quando podia, ajudava com o coro. Quando saímos, enrugadas, da banheira, nos enxugamos com umas toalhas imensas que tinham as iniciais do carequinha bordadas em fio dourado, e Dakota me pediu que passasse creme nas suas costas. Passamos creme e colocamos uma série de televisão protagonizada por um loiro que invariavelmente salvava o mundo.

No terceiro dia, o careca chegou feito um touro, com uma caixa de tinta a óleo, um sortimento de garrafas de álcool, camisinhas, drogas duras. Dakota e eu estávamos muito bem instaladas na sua poltrona de couro, vendo as façanhas do loiro para salvar o mundo de uma bomba biológica. Ofereceu-nos um martíni; aceitamos com a condição de que pudéssemos terminar de ver o vídeo inteiro. Ofereceu-nos um discurso sobre o caráter episódico das séries e sua relação com a estrutura de *Dom Quixote*. Era um homem inteligente, mas enrolado. Owen diria que falava com erros de ortografia. Ofereceu-nos cocaína colombiana e tirou quinhentas fotos com uma câmara digital enquanto o loiro torturava três muçulmanos com uma só mão.

Quando terminou a temporada, já despontava o amanhecer. Dakota e o carequinha tinham ido para a cama. Eu saí correndo. Comprei um café na rua, comprei o jornal e me encaminhei para o metrô — no dia seguinte tinha um encontro com White.

Dakota ficou com o carequinha, como tinha ficado com o Moby, e com todo o resto que eu deixava. Era como uma lagosta; e eu, como o lixo que se acumula no fundo do mar.

No metrô, a caminho de casa, vi Owen pela última vez. Acho que me cumprimentou de longe. Mas já não me importava, já não senti nenhum entusiasmo. O fantasma, estava claro, era eu. Já não podia, já não queria continuar sustentando um mundo que estava caindo. Que já caíra.

*

Suponho que a diferença entre ser jovem e ser velho radica no grau de frivolidade com que nos relacionamos com a morte. Quando jovem, tamanho era o meu desprezo pela vida que andava me provocando mortes cada vez mais opulentas. Foda é que agora, que preferiria estar simplesmente vivo, causei-me uma morte lenta, humilhante e aborrecida. Minhas mortes em Manhattan eram rápidas e vinham de fora: um *subway* me partia os ossos do crânio; um negro me enterrava uma faca na saída de um bar; meu apêndice explodia à meia-noite; atirava-me na rua do último andar de um edifício do distrito financeiro. Mas a morte na Filadélfia se aproxima como um gato murcho, esfrega a bunda na minha panturrilha, lambe minhas mãos, arranha meu rosto, me pede comida; e eu lhe dou de comer.

*

Liguei para o Pajarote. Contei-lhe sobre o carequinha e Dakota. Contei-lhe sobre White e sobre Owen. Ele me ouviu. Em seguida me disse: Imagine uma série de homens. O primeiro deles é completamente cabeludo e o último está completamente careca. O sucessor de cada membro da série tem um fio a menos que seu antecessor. Parece que os seguintes três enunciados são verdadeiros:

1. O primeiro homem da série não é careca.
2. Se um homem não é careca, um fio a menos não o tornará careca.
3. O último homem da série é careca.

E o que é que isso tem a ver? — respondi.
Isso é o Paradoxo Sorites.
Como?
O paradoxo é que, mesmo que esses três enunciados pareçam ser verdadeiros, em conjunto implicam uma contradição.
E o que se supõe que tenho que fazer com isso?
Nada, entendê-lo.

*

No dia da reunião cheguei cedo à editora, carregando a cadeira de madeira que tinha roubado havia quase um ano. Tínhamos decidido nos ver algumas horas antes para revisar os detalhes da nossa história, começando por aquela primeira carta com as coordenadas do antigo apartamento de Owen no Harlem, até as notas e traduções de Zvorsky. White estava como uma criança, emocionado como nunca antes o tinha visto. Tive até a impressão de que a sombra que obscurecia seu rosto tinha desaparecido. Dizia que queria contar ao crítico o caso do bar em que eu tinha alucinado Owen comendo os amendoins que Pound jogava fora, enquanto Zvorsky regia uma orquestra imaginária. White estava me dizendo isso quando o interrompi subitamente.

Não vou fazer isso.

O quê?

Você sabe que fui eu quem traduziu os poemas de Owen.

Como assim? Você quer levar os créditos? — disse, como se não quisesse entender.

Não, estou dizendo que não vou fazer isso.

O lábio superior de White tremeu um pouco. Não falou nada.

*

Nota: "Owen foi para Detroit alguns dias depois da Black Tuesday, quando começou a Grande Depressão."

*

Meu marido faz as malas. Vai construir a casa na Filadélfia. Não fica claro por que um arquiteto deve estar presente na construção de uma casa que já projetou. Mas ele insiste que assim é que se faz, que o arquiteto sempre tem de estar presente na obra. A bebê acorda à meia-noite. Chora. É preciso esquentar uma mamadeira.

*

O carequinha gostou da Dakota. Ela, da banheira dele. Começaram uma relação tortuosa, perigosa, multilateral. White mandou meu último cheque pelo correio. Decidi ir embora o quanto antes daquela cidade.

*

Quando vai para a Filadélfia?
    Na próxima semana.
    E por que está fazendo as malas agora?
    Porque foi isso que você escreveu. Você deixou o computador ligado, e eu li.
    Mas é o meu romance. Tudo é ficção.

*

Moby existiu. Mas não se chamava Moby. Chamava-se Bobby. Quando fiquei sabendo disso — Dakota me contou —, assaltou-me um ataque de riso, e depois um de choro. Mas Bobby não importa, porque talvez já não exista.

Existem o menino médio e a bebê. Existem uma casa, o rangido do assoalho antigo, os estremecimentos internos das coisas que possuímos, as janelas palimpsesto que guardam rastros de mãos e lábios. Existimos meu marido e eu, embora cada vez existamos mais separadamente, e existem também os vizinhos, e a vizinhança, e as baratas que passeiam em silêncio.

*

Você é uma mentirosa.

Por quê?
Você é uma mentirosa.
Você também.

*

Seguir a linha de uma história, como a linha do *culito* de um menino equatoriano que depois virou detetive no Harlem. Partir a cara com todos e contra tudo, o passado e o presente, desde que a história avance. Nunca abandonar a linha. Fechar os olhos, colocar um balde na cabeça e começar a cantar, só para imaginar aquele *culito* plano e escuro.

*

Doei todos os móveis do apartamento e distribuí minhas plantas entre os conhecidos. Menos a árvore morta. Deixei-a na Filadélfia. Tomei o trem até lá. Queria deixá-la no cemitério. Laura e Enea me levaram, não fizeram perguntas: são pessoas que sabem respeitar os outros, não pedem explicações. Fomos ao cemitério, mas nunca encontramos o túmulo de Owen. Elas quiseram regá-la, dizem, quando falamos por telefone. Não acontece nada ainda, mas têm certeza de que algum dia brotará novamente. O vaso está na porta da casa delas. Seus vizinhos, cristãos-novos, perguntam-lhes pela planta morta. Eles têm gardênias na entrada. São pessoas que pedem explicações e têm gardênias aromáticas. É o que me dizem quando conversamos: são cristãos-novos, têm gardênias na varanda.

*

O menino médio volta da escola. Seu pai parte amanhã para a Filadélfia e está na cozinha preparando a comida.

O médio se senta à mesa para desenhar. Eu os ouço da sala:

    Olhe, papai, fiz uma casa para viver.
    Ahan.
    Sabe o que aconteceu com a minha casa?
    O quê?
    Veio um girassol de vento e a derrubou.
    Não se diz girassol, se diz tornado.
    Veio um tornado de vento e a derrubou.
    Não tornado de vento, só tornado.
    Eu gosto de tornado de giravento.

*

No dia em que comprei minha passagem tentei falar com White por telefone. Tinha passado quase um mês desde a última vez que o tinha visto e achava que o mínimo que devia fazer era avisá-lo de que ia embora da cidade. Minni atendeu: diz que não pode falar com você, mas que não se preocupe, não sei a que se referia, você o conhece, ele é hermético como um tupperware, mas me falou que lhe dissesse para não se preocupar. E que compre o próximo número do *NYRB*.

*

Primeiro, a mútua perseguição. Perseguir o outro e deixar-se perseguir até que ninguém tenha um centímetro de ar. Gerar um ódio infinito pelo outro. Nem tanto o tédio (isso teria sido continuar vinte anos ao seu lado e acabar dormindo em outra cama). Nem tanto o desprezo (o tamanho insuficiente de suas mãos, a temperatura inofensiva de seu corpo adormecido, o gosto de seu sexo). Mas o ódio. Romper o outro, quebrá-lo emocionalmente uma e outra vez. Deixar-se romper. Escrever isso é vulgar. Mas a realidade o é ainda mais. Depois, as acusações de ordem moral. A lista de defeitos do acusado, sempre acompanhada da lista tácita de virtudes do acusador. Sobe a temperatura das discussões, começa o histrionismo quase cômico do drama. Caras, máscaras. Um grita; a outra chora; e depois, trocar de máscara. Assim uma, duas, três ou seis horas, até que finalmente o mundo cai: no dia de amanhã, neste domingo, na próxima quarta-feira, no Natal. Mas, finalmente, uma estranha paz, recolhimento de quem sabe que implica cura. Houve um único gesto que me quebrou — que acabou de me quebrar. Seu grito de júbilo depois de fechar a porta da casa.

*

Dakota quis organizar uma despedida para mim. Decidimos fazer uma festa no apartamento sem móveis. Vieram seu ex-namorado e alguns membros rotativos da banda. Veio Pajarote com Fanni. Não convidamos Moby-Bobby nem White. Veio o carequinha com sua ex-mulher — uma *criolla* um tanto tonta que havia pago um mestrado na NYU para acabar dando aulas de espanhol em uma escola básica do Brooklyn; e ela levou seu novo par, outra *criolla* mexicana que citava repetidamente Joaquín Sabina. E isso foi tudo.

Na cozinha, o ex-namorado de Dakota me perguntou por que ia embora assim, sem mais nem menos, de um dia para outro. Disse-lhe que havia me tornado fantasma; ou que talvez fosse a única viva em uma cidade de fantasmas; que, em qualquer caso, eu não gostava de morrer com frequência. Acariciou-me a testa. Eu não soube o que fazer. Os gestos espontâneos me paralisam. Talvez pudesse ter tocado seu rosto; lambido a cicatriz nua que dividia o rosto em dois possíveis rostos. Poderia ter dito que ia embora porque não conseguia manter e habitar os mundos que eu mesma fabricava, que eu também tinha uma cicatriz que dividia meu rosto em dois. Talvez pudesse ter feito amor com ele na banheira embutida. Talvez tenha feito.

*

O final não importa. Meu marido se mudou para outra cidade. Digamos, Filadélfia. Provavelmente se encontrou. Ou se danou. Saiu pela porta, com uma única mala e uma pasta cheia de projetos para uma futura casa, e depois não soubemos mais dele. Digamos que encontrou outras mulheres: mulatas ocasionais, uma japonesa, gringas neocolonialistas que lavavam a consciência dormindo com intelectuais do terceiro mundo, e até mexicanas *criollitas* para quem a vida era um compêndio de canções de Joaquín Sabina.

*

Comprei um exemplar do *NYRB* na banca de jornais e voltei para o meu apartamento vazio. Sentei-me no chão para ler. White tinha decidido não revelar a mentira completa ao crítico do *NYRB*. Escreveu um longo artigo explicando que se enganou, que o manuscrito publicado pela editora era na verdade apócrifo, e que todos, em um arrebatamento de entusiasmo, tinham caído na armadilha.

Durante os meses e anos seguintes, no entanto, como fiquei sabendo tempos depois lendo notícias editoriais na internet, o erro que White se atribuiu, sabendo que seu prestígio como editor acabaria com isso (e obviamente assim foi), provocou uma euforia inusitada em torno de Owen. Publicaram, em uma editora grande, comercial, as supostas traduções dos poemas de

Owen, sob o nome de Zvorsky. Foi um sucesso, na medida em que pode ser um livro de poesia. O obscuro poeta mexicano se transformaria, com o tempo, no novo Bolaño ou, melhor, em um novo Neruda. Só que não seria White o editor. Nem eu a tradutora oficial. Tampouco isso importa agora. Talvez seja até divertido para White contar a história de como uma jovem mexicana engambelou a nobreza editorial gringa. Isso é o que eu quero acreditar. Mas neste dia, enquanto lia o artigo do *NYRB*, nem White nem eu sabíamos que isso ia acontecer com Owen. Tentei ligar outra vez para a editora, mas ninguém atendeu. Tomei um longo banho na minha banheira embutida.

*

Naquele apartamento não havia crianças nem baratas nem fantasmas. Era um sétimo andar. Havia uma banheira embutida.

*

Pajarote me levou ao aeroporto no seu velho carro. Despedimo-nos do lado de fora. Abraçou-me com um braço longo, de lado, e me deu um beijo na testa. Quando havia entrado de volta no carro, e o vi perder-se entre outros carros, deixei cair duas lágrimas. Algumas. Talvez muitas.

*

O menino médio canta para a bebê enquanto damos banho nela: A casa caída, as coisas jogadas, papai zangado, mamãe chorando…

*

Não sei o que fazer com os três gatos que ao que parece querem morar definitivamente aqui. Há duas noites coloquei um pouco de whisky em um pratinho, imaginando que talvez assim renunciariam a mim como dono e santo padroeiro de suas três vidinhas miseráveis. Mas o gesto deve tê-los comovido, pois, na manhã seguinte, os três despertaram em distintas partes do meu colchão e vieram me lamber as remelas quando deram as seis.

*

Nesta outra cidade vivia a algumas quadras de Federico, mas a bicha passava o dia inteiro em uma residência de estudantes no número 2.960 da avenida Broadway, escrevendo seus versos. Às vezes, encontrava-o no caminho para a entrada do metrô e nos estendíamos a mão. Era um *españolito* bem comido, superprotegido, que se queixava virtuosamente de sua vida boêmia na urbe: pombas e enxames de moedas, edifícios em obra perpétua, multidões que vomitam, a alienação, a solidão. O problema dos poemas de Federico era que todos terminavam sendo afedericados. O *españolet* (assim lhe dizia Salvador Novo) se empanturrava com suas metáforas esquisitinhas: transformava-as em ruas de um único sentido, em sistemas de equivalência única. Gostava do Harlem e dos negros, não falava inglês. Seus pais lhe enviavam cem dólares mensais, que ele dispersava pelos bares da cidade. Eu gostava das suecas e das ianques e estudava inglês todo santo dia; eu gostava das reuniões à la Henry James, cheias de arianos generalizados — franceses, alemães ou ingleses —, seu temperamento de raça muda, de gente "perpendicular", como dizia James.

Uma vez escrevi uma carta a Xavier Villaurrutia dizendo quase a mesma coisa, e ele nunca entendeu a piada, talvez porque as piadas proféticas não fazem rir.

O maior defeito do ianque, disse-lhe, é sua incapacidade para falar mal das pessoas. Em algum sentido, eu tinha razão. Mas, então, naquela vida, não tinha consciência da capacidade mais incisiva do ianque — morava em frente ao parque de Morningside, entre negros que comiam melancia e frango frito todos os domingos (como mexicanos), e uma superpopulação de grilos que faziam Los United parecer praça principal de povoado sinaloense. A maior virtude do ianque — agora eu já sei — é não dizer nada; alimentar o silêncio em torno de uma pessoa até que esta pessoa começa a cavar um túmulo no cemitério mais próximo, consciente de sua incapacidade para cumprir com o compromisso das cinco da tarde e a felicidade dos domingos, ser sempre um *good sport et cetera*.

    Mas Federico: o *españolet* e seu bonito *culet*, dizia Salvador Novo.

*

Eu era magro e tinha fé em antologias de poesia. Propus ao professor Alfonso Reyes uma coleção de poetas norte-americanos. Queria traduzir Pound, Dickinson e William Carlos Williams. Inquietava-me a ideia de que Pound tivesse vivido em uma jaula; que Williams fosse ginecologista; que Dickinson não tivesse saído nunca de casa. Havia nessa constelação de poetas uma estranha correspondência determinada talvez pela jaula, pela casa e pelas vaginas. Suponho que esses tipos de motivo são os que contam, mas obviamente não fiz menção a isso na minha carta, mas falei sobre a importância de incorporar à nossa tradição as vozes destes três gigantes. O professor se entusiasmou com a ideia. Traduzi mais de 200 poemas de Dickinson voando. Enviei-os em um envelope destinado ao Brasil que provavelmente nunca chegou a atravessar nem o Suchiate.

*

Imprimi as últimas vinte páginas do romance para lê-las em voz alta, sublinhar, reescrever. Esqueci-as em cima da mesa da cozinha durante a noite. Nesta manhã desci para tomar café e encontrei meu marido na cozinha. Enquanto acende o fogão, pergunta:
 Por que me desterrou do romance?
 Como?
 Escreveu que eu tinha ido para a Filadélfia. Por quê?
 Para que aconteça alguma coisa.
 Mas, se parto, já não tem sentido escrever dois romances.
 Então fique.
 Ou talvez seja melhor ir. Está me deixando ir?
 Ou talvez morra.
 Ou já morri.

*

Naquela cidade morria a todo instante. Acho que da primeira vez que me aconteceu nem sequer me dei conta. Era um desses dias de verão em que faz tanto calor que o cérebro entra em uma letargia empantanada e mole que impede o brotar e a consolidação até da mais simples ideia. O cérebro fica apenas borbulhando.
 Acabava de chegar à cidade e tive de resolver um assunto que o cônsul considerou de alta urgência diplomática. Um piloto de nome Emilio Carranza tinha querido voar sem escalas entre o México e Nova York, e o coitado acabou se chocando com uma colina em Nova Jersey. Entre minhas tarefas taquigráficas e páginas de contabilidade fiscal, tive que redigir um relatório sobre a morte do piloto. Demorei mais de três horas para arrancar um parágrafo.

Saí do consulado aturdido, tristíssimo pelo pobre desconhecido que havia se estatelado nesta manhã. Caminhei as quadras de todos os dias e desci as escadas da entrada do metrô. Talvez tenha tropeçado ali e arrebentado o crânio no fio das escadas. Ou talvez tenha chegado até a plataforma e me atirado na via. Depois devo ter dormido no vagão, pois não me lembro de nada da viagem. Aquele anjo relojoeiro que acorda as pessoas na sua estação exata me despertou na parada da rua 116. A primeira coisa de que me lembro é do rosto de Ezra Pound, que estava parado na plataforma — sabia que não podia ser ele, porque nesta época Pound estava na Itália, mas a cara de futuro louco enjaulado era inconfundível. Abriram-se as portas e ali estava ele, apoiado em uma coluna da plataforma. Olhamo-nos diretamente nos olhos, como se nos reconhecêssemos, embora fosse impossível que ele soubesse de mim, *tarasco* ou *toluqueño*, nem ruivo nem bonito, mais poeta que safado. Não consegui me mexer — em vez de sair em meio às pessoas, deixei que os passageiros saíssem e fossem substituídos por outros, identicamente feios, acalorados e normais. Pound me perdeu entre os muitos rostos da plataforma, como as pétalas úmidas de seu poema.

*

Federico tinha uma ou duas virtudes. Durante meus primeiros meses em Manhattan nos vimos todas as semanas em um *diner* da rua 108. Reuníamo-nos porque estávamos escrevendo um roteiro para o coitado do Emilio Amero, que nunca conseguia encadear uma ideia com outra, mas que tinha nos pedido uma colaboração conjunta para seu próximo filme. Não sei o que moveu Federico, mas eu aceitei porque era um modo de falar espanhol com alguém fora do consulado uma vez por semana. Era um roteiro irrealizável sobre viagens à Lua. Eu queria viagens intermináveis em um elevador que se enchia de olhos; Federico reescrevia, cheio de ressentimento, sequências de Buñuel e Dalí passadas por águas nova-iorquinas. Assim começamos a nos tornar amigos.

Terminamos tendo tão pouco sobre o que conversar que Federico decidiu convidar outro poeta para a reunião para que depois pudéssemos criticá-lo. Na verdade, foi assim que começamos a ser muito amigos. Para isso nós, os hispanos, sempre fomos bons. O espanhol é uma língua que se presta à crítica, e por isso somos maus críticos e bons inimigos de nossos amigos. O poeta era ianque e se chamava Joshua. Mas nos dirigíamos a ele por seu sobrenome: Zvorsky. E, entre nós, quando ele não estava, era simplesmente "Z". Tinha um nariz tão longo e fálico quanto a ilha de Manhattan, e uns oclinhos em forma de ovo que faziam seu rosto parecer uma analogia perfeita do órgão sexual de um potro. Estava começando a escrever um longo poema, longo como *Os Cantos* de Ezra Pound, explicava. Federico não entendia uma única palavra do que dizia Z, que falava inglês como se estivesse dizendo missa em iídiche, de modo que eu atuava como tradutor entre os dois. Não que eu entendesse muito. *The poem will be called "That"*, explicava o poeta, *because a little boy, when he's learning how to talk & enumerate the World, always says: "That dog", "That lolly-pop", & so forth and so on*. Diz que seu livro vai se chamar *That,* eu explicava a Federico, porque uma criança pequena sempre diz "*That* cachorro", "*That* picolé", e algo assim.

Federico sempre se entusiasmava quando entendia uma ideia nova, essa era sua virtude. Mas em seguida se enchia de angústia e se desiludia; essa também era uma virtude dele. Quando o poeta gringo ia embora, conversávamos sobre Gide e Valèry. Nossa condição de latinos recém-formados da liga clássica nos redimia: fomos donos do passado de um punhado de línguas, e o inglês era o filho bastardo que sempre se regozijaria em seus achados lerdos: a função demiúrgica dos artigos, inventar o mundo enunciando-o. Os únicos que valem a pena são Eliot e Joyce, dizia eu. E também Williams e Dickinson. Federico gostava de Langston Hughes e acabava de descobrir a mulata Nella Larsen. Nosso amigo "Z" era um *dog* e um lolly-pop. Não entendíamos nada desse negócio de línguas analíticas e línguas sintéticas.

*

Acha que posso ter visto Pound no metrô? — perguntei a Federico no caminho para casa depois de uma sessão de trabalho no *diner*.
 Como?
 O poeta, Ezra Pound.
 Mas ele está na Itália ou em Paris ou sei lá onde.
 Está na Itália — disse —, mas o que importa isso?
 Ah, agora entendo. Definitivamente não, é impossível que alguém como você o tenha visto.
 Alguém como eu?

*

Mas eu não apenas tinha visto Ezra Pound. Dei-me conta um dia, entre minhas idas e vindas ao consulado, de que levava um tempo vendo uma série de pessoas no *subway*, e que elas não eram, para dizer de alguma forma, pessoas comuns, mas ecos de pessoas que talvez tivessem vivido na cidade de cima e agora só transitavam por suas vísceras de baleia supercrescida. Entre essas pessoas havia uma mulher de rosto moreno e olheiras profundas que vi em repetidas ocasiões; às vezes na plataforma, esperando, outras a bordo do trem, mas sempre em um diferente do meu. A mulher me aparecia, sobretudo, naqueles momentos em que dois trens andam por vias paralelas na mesma velocidade durante alguns instantes, e as pessoas podem ver outras passarem como se vissem correr os quadros de uma fita de celuloide.

Escrevi uma carta a Novo e lhe contei sobre essa mulher que sempre usava um casaco vermelho, sobre sua cabeça apoiada suavemente na janela do vagão, lendo; ou às vezes apenas olhando a escuridão dos túneis da plataforma, sentada em uma cadeira de madeira. Falei sobre Pound também, e sobre todas aquelas pessoas que estavam, mas não estavam, nos vagões do metrô, um pouco como eu. Respondeu-me que eu era um *subabaca* e que, em vez de andar procurando fantasmas onde não havia, lhe mandasse um poema sobre o *subway* ou algo que servisse para encher as páginas da revista. E eu lhe dei ouvidos e escrevi um poema com mais de 400 versos, porque sempre dava ouvidos a Salvador. Mas a mulher morena de olheiras tristes continuou aparecendo até o último dia em que estive naquela ilha de *subabacas*.

*

No quarto que alugava em um edifício em frente ao parque Morningside havia um vaso no parapeito da janela que parecia um abajur. O vaso tinha chamas redondas verdes e dentro crescia uma laranjeira. Sob a sombra artificial dessa arvorezinha, escrevia cartas de amor para Clementina Otero, para os Goros, para Salvador e Villaurrutia. Punha-me muito poeta de província. Contava minha vida na grande urbe uma e outra vez para torná-la minha, consciente, talvez, de que também a felicidade depende da sintaxe. "Querido X: Vivo na avenida Morningside nº 63", uma e outra vez, para cada um dos meus interlocutores invisíveis.

*

É sábado e devo visitar as crianças. Chego ao prédio de minha ex-mulher na avenida Park e cumprimento de fora o porteiro, que em seguida chama meus filhos e sai para fumar comigo em silêncio até que eles descem, cheios de um entusiasmo estúpido pela vida. Contam-me que a mãe adquiriu um novo radiotransmissor, que lhes deu de presente não sei quantos brinquedos novos, que viram um filme de guerra em uma sala de cinema enorme, e que no próximo fim de semana vão viajar para a praia. Levo-os, cada um em uma mão, para caminhar pelo Central Park.

Chegou a hora de ver os patos, crianças.

Sempre vemos os patos, papai.

Até agora, soube dissimular muito bem o inconveniente da vista. Quando o sol baixa e as coisas começam a se esconder de mim, digo para a pequena: Generala, enumere em inglês tudo o que está em frente, e ela começa: *that's a duck, that's a lake, that's a big tree, that's a little tree.* Pronuncia o inglês exagerando o sotaque ianque, como é próprio das crianças latino-americanas de classe alta. Diz: *dack, leik, beg twee, lirel twee.* E para o maior, quando pagamos os sorvetes no final do passeio, digo: Soldado, conte as moedas e pague ao vendedor a quantia exata.

Quando nos despedimos outra vez ao pé da escada do edifício, dou-lhes um beijo na testa com os olhos fechados, para que não se aproximem — imagino meus olhos como duas uvas-passas, um pouco acinzentadas, enrugadas, pequenas, podres. Depois tomo o trem de volta para a Filadélfia. Já no vagão, recosto a cabeça no assento e toco minhas pálpebras fechadas para ver se meus olhos continuam ali. Ali estão, cheios de água.

*

É domingo, e meu marido leva as crianças ao zoológico. Darão um longo passeio por Chapultepec, e o médio voltará excitado para me contar sobre os elefantes, que não conseguem deitar nunca porque não conseguiriam voltar a levantar. Depois ficará um pouco triste e me perguntará por que, por que os animais não podem sair do zoológico nem você da casa, mamãe?

*

Deus e as pessoas se solidarizam com as vítimas. Mas não com qualquer vítima, só com as vítimas que se vitimizam com sucesso. Minha ex-mulher, por exemplo. Quando nos divorciamos, a *criolla* virou poeta e vítima; a profeta das vítimas divorciadas.

Ela acaba de publicar um livrinho de poemas em prosa muito rancorosos, autofinanciados e trilíngues, na editora imaginária de sua mentora, uma poeta franco-gringa que coordena uma oficina de poesia que se chama Filhas Espirituais da Poeta Mina Loy (SDPML, na sigla em inglês). Tem a descortesia de me convidar para o lançamento, que se realiza em seu próprio apartamento. Como sei que preciso agradar-lhe ou nunca mais me empresta as crianças, tenho a cortesia de ir até Nova York para assistir a ele.

Um mordomo me abre a porta. Pergunto pelas crianças; estão dormindo. O apartamento cheira a uma mistura de perfumaria de bairro chique, maquiagem, roupa recém-passada e aspargos. O mordomo me oferece um martíni e um prato de aspargos cozidos, precisamente. A vista pode me trair, mas continuo sendo um cão para farejar a ameaça de uma conjuração de bruxas reunidas em torno de seus rancores e de um prato de aperitivos caros. Penduro meu casaco perto da entrada, entre bolsas e casacos de mulher de todos os tamanhos e texturas possíveis; aceito só o martíni e abro caminho até o quarto.

Não as vejo bem, mas pelo barulho e pelo fedor que exalam devem ser mais de vinte, mais de trinta, sentadas em semicírculos concêntricos ao redor de minha ex-mulher e outras duas apresentadoras — as três bruxas de Macbeth, porém mais vulgares e mais zangadas com a vida. De pé na frente da sala, meus testículos se encolhem de repente. Dois amendoins. Talvez desapareçam completamente. Fico de pé atrás da última fila de cadeiras, o mais perto possível do mordomo, apavorado.

Minha ex-mulher está lendo, com seu sotaque de bogotana internacional. A pobre tem uma voz muito feia — empurra as consonantes guturais, alonga as vogais abertas e chia os is como uma máquina mal-azeitada. Lê um poema sobre a utilidade prática dos maridos. Seus lábios sempre se curvam um pouco para baixo quando lê em voz alta; também quando recrimina minha lista infinita de defeitos. Imagino o *rictus* amargo, agora acentuado pelas linhas e pelas bolsas de pele envelhecida. De vez em quando, entre as convidadas, irrompem risadas como de hienas. Provavelmente, assim que termine a cerimônia, me despirão e atarão minhas mãos e pernas, abrirão minhas pálpebras e encherão meus olhos de cuspe. Cagarão em cima de mim — anos de retenção intestinal. Ela termina de ler o poema, e a sala inteira reverbera em um êxtase de aplausos. Eu estico o braço para ver se o mordomo continua ao meu lado. Aí está. Puxo-o pelo ombro:

Não me abandone, irmão, fique aqui pertinho.

Aqui fico, senhor, não me movo.

Ela lê outro poema, e outro. Quando termina o último, dedicado presunçosamente a Mina Loy, começa uma ovação, e as mulheres se levantam. Os pés das cadeiras chiam contra o assoalho. (De onde terá tirado tantas cadeiras?) Minha ex-mulher, aranha no centro de sua teia, me olha do outro canto do cômodo. Sou uma mosca minúscula no seu universo viscoso. O mordomo me solta para atender os pedidos das damas; e eu fico ali, sem saber onde pôr a mão livre; e a que segura o martíni agora treme um pouco.

A bogotana internacional começa a falar: a poesia, a dissolução da identidade, a condição de estrangeiro, e não sei quantas *criolladas* mais. Faz uma pausa e para fechar diz: Agradeço a presença do meu ex-marido, poeta tão injustamente desconhecido, mas tão capaz. As cabecinhas viram para mim. O que quer dizer com capaz? Sinto uma vontade urgente de urinar. Dezenas de focinhos pintados riem — ainda distingo o branco e sei que riem porque o cômodo escurecido de repente se acende como um céu estridentado. A azeitona palpita dentro da taça. Meus órgãos, dentro do meu terno, palpitam. Os rostos que me olham palpitam; lá fora, palpita a cidade: o bombeamento persistente do sangue, a temperatura da humilhação. Que fale! Que diga alguma coisa! Desejo uma morte súbita que não consigo provocar. Então digo:

Eu vim porque me convidaram, começo.

(Silêncio.)

Vim porque sempre fui um feminista de vocação. Viva Mina Loy! Viva!

(Silêncio.)

Na verdade vim, María, só porque queria lhe pedir que me emprestasse um pouco de dinheiro para levar as crianças à feira no próximo fim de semana.

(Silêncio.)

*

Quando escovo os dentes do menino médio, contamos até dez para a fila de cima no meio, dez para a de baixo, quinze para os molares de um lado (acima e abaixo), quinze para os do outro. Um bochecho de cinco, mais outro, e para a cama. Ele tem os dentes pequenos e quase pontudos, como os de um tubarão bebê.

Você tem dentes de tubarãozinho — digo.

É mesmo? Sabia que os tubarões são cegos, mamãe? Eu não.

Eu disse os dentes, não os olhos.

Sei, mas são cegos.

Mesmo? E como fazem?

Sei lá. Talvez haja cães marinhos especiais para os tubarões cegos.

Ande, vá para a cama.

*

Conheci um único homem cego na minha vida. Chamava-se Homer Collyer, e durante o ano de 1947, pouco depois de sua morte e um ano antes da minha volta definitiva e fatal aos United, tornou-se uma fugaz celebridade. Mas muito antes disso, quando cheguei ao Harlem em 1928, Homer vivia com seu irmão Langley a algumas quadras do meu apartamento, em uma mansão na esquina da rua 128 que os dois tinham herdado dos pais.

Homer estava chupando um sorvete na escadaria da fachada e me aproximei para pedir informação para ir a uma igreja onde haveria um culto especial naquele domingo, sobre o qual os rapazes da revista *Contemporâneos* tinham me pedido uma crônica.

Desculpe senhor, onde fica Saint John? — perguntei.

Apontou com a bengala para o céu. Eu ri discreta, mas honestamente, e fiquei parado como um tonto, esperando que de algum modo a piada concluísse em coordenadas terrestres. Mas ele mudou de assunto:

Você sabe que o sorvete de chocolate é feito com pó de cocaína?

Não, senhor.

Isso é o que diz o meu irmão Langley, você o conhece?

Seu irmão? Não, senhor.

Sentei-me ao lado de Homer no degrau.

É um bom homem. Um tanto porco, mas perseverante à sua maneira. Diz que se tomo uma hora de sol todas as manhãs e chupo bastante sorvete de cocaína, vou recuperar a vista pouco a pouco.

Não me diga, você é cego?

Homer tirou os óculos escuros que levava e sorriu — tinha dentes como de cavalo, grandes, ovalados e amarelos.

*

Eu gostava das reuniões longas, para me mandar devagar, desprezar todos os meus interlocutores, sentir que o mundo ficava pequeno para mim. Amero marcava conosco em um bar onde quase sempre éramos os únicos brancos. O dono se fazia chamar "México" — era um ianque muito ianque que tinha lutado ao lado de Villa na Revolução e só por isso se achava grande coisa. Eu ia pouco a esse tipo de atividade, mas quando ia ficava bastante tempo. Os regulares eram Emilio Amero, Gabriel García Maroto e Federico, que quase sempre levava Nella Larsen. Às vezes nos juntávamos eu e nosso amigo Z, que entre whisky e whisky dava para falar sobre o *objectivism*, palavra que Federico não conseguia pronunciar. Dizia algo assim como "ojetivício" e em seguida se virava para buscar minha cumplicidade.

Naquela noite todos nós bebemos como damas e nos embebedamos como porcos. Acho que Nella Larsen sentiu vergonha de nós desde o começo, pois mudou de mesa antes que começasse o show. Em um canto do bar apresentaram o famoso Duke Ellington, que eu só conhecia de ouvir falar. Federico se levantou e estirou as meias. Tinha pernas curtas e rechonchudas, cheias de pelos alambrados, e o coitado insistia em usar calça curta (coisa de europeus, bando de mariquinhas). O *españolet* aplaudiu tão eufórico que, antes de se sentar ao piano, o músico inclinou o chapéu e lhe agradeceu o aplauso. O homem se sentou ao piano e começou. Z tirou os óculos e os deixou na mesa, em meio aos copos. García Maroto, talvez a pessoa mais chata do mundo, ouviu o concerto inteiro com os olhos fechados, ou talvez apenas tenha caído no sono.

Em uma pausa de aplausos no final da primeira parte, Federico se aproximou do meu ouvido e falou: não se vire, Ezra Pound está atrás de você. Eu me levantei tão rápido da cadeira que quase derrubei a mesa. Caíram todos os copos, os cinzeiros viraram, os gelos saltaram. García Maroto despertou de um salto e deteve o cataclismo com um tapa que aterrissou em cima dos óculos do nosso amigo Z, que quebraram. Voaram vidros minúsculos como fragmentos do mundo de uma criança: *that chair, that man, that poet, that sad, that broken: that broken sad poet man.* Federico teve um ataque de riso, e o pobre Z já engatinhava pelo chão procurando os pedaços dos seus óculos. Que crédulo, mexicano, como acha que Pound vai estar aqui?, dizia Federico entre gargalhadas (tinha uma linguinha vermelha e áspera como de gato, e talvez a colocasse muito para fora quando ria). Armamos tamanho escândalo que uma espécie de gorila de dois metros engravatado se aproximou com outros dois ajudantes e nos tirou do lugar a pancadas. Acho que nessa noite em vez de whisky nos deram loção, porque todos estávamos em um estado francamente alucinatório. É possível que, ao sair do bar, alguém tenha me apunhalado e roubado meus sapatos e todo o meu dinheiro, pois na manhã seguinte acordei descalço e sem um tostão em um hospital do Harlem. Essa deve ter sido a segunda vez que morri.

*

    Nota (Owen a Araceli Otero): "Já não morro tão frequentemente. Pareço casto e já gordo sem exagero. Como muito bem e sou um tempo inconjugável, futuro mais-que-perfeito. Interessa-me a febre, mas dela o que mais me interessa é o que por ela perco, medido em libras por ano. Peso 124 meses. Nova York é azul, cinza, verde, cinza, branca, azul, cinza, cinza, branca etc. Às vezes é também cinza. (Só à noite não é preta.) (Mas cinza.) E você?"

*

Meu marido lê para as crianças um livro instrutivo e moralista que compraram no zoológico sobre um golfinho recém-nascido que perde seu clã no mar por não dar ouvido aos pais.

    Talvez seja comido por um tubarão, especula o médio. Suas vozes me chegam como de longe, como se eu estivesse embaixo da água e eles fora, eu sempre dentro, e eles sempre fora. Ou ao contrário.

    Bebê golfinho começa a chorar — faz um assobio muito fino, que atravessa a água como uma flecha —, continua meu marido.

    As flechas podem atravessar a água?, interrompe o médio. A voz dos golfinhos é única, continua lendo meu marido, como as impressões digitais. O médio faz ruídos, como de flechas atravessando um corpo de água.

    Preste atenção — repreende-o o pai —, já estamos quase acabando.

Fico pensando na pergunta do médio.
Mamãe golfinho ouve seu bebê de muito longe. Nada para buscá-lo.
Ela o encontra?, pergunta o médio.
Sim, olhe, aqui na última página do livro dá para ver que o encontra.

*

Homer, o cego, tinha um olho maior que o outro. Um deles, o pequeno, ficava perpetuamente aberto na direção de seu lacrimal, imóvel. O maior revoava em sua concha violácea como um pássaro branco exagerado — parecia uma daquelas pombas presas dentro de uma igreja ou estação ferroviária, debatendo-se contra uma vidraça fechada. Eu gostava de ficar vendo aquele olho errático, que não me via. Homer me esperava todos os domingos com um sorvete de chocolate em cada mão, às dez em ponto da manhã. Se eu chegava dois, três minutos atrasado, o sorvete que me correspondia estaria metade derretido, molhando seu punho.

Você é um fantasma, senhor Owen, não é mesmo? Pronunciava meu nome como deviam tê-lo pronunciado meus ancestrais.

Por que diz isso, senhor Collyer?

Porque eu posso vê-lo.

E não será porque está recuperando a vista com tanto sorvete de cocaína?

Não, senhor, não é isso. Você tem cara de índio americano, mas constituição de japonês. E jeito de aristocrata alemão. Hoje está de chapéu, talvez cinza, e um paletó que não lhe cai nada bem.

Não gosta do meu paletó.

O tweed ficaria bem em você. No próximo domingo lhe dou de presente um paletó de tweed do meu irmão Langley. Tenho que procurá-lo e lavá-lo. Meu irmão tem muitas coisas lá dentro.

    Nunca entrei na residência Collyer, mas tempos depois, quando os irmãos morreram, e todos os jornais da cidade falavam sobre eles, soube que o casarão foi se enchendo de lixo com o passar do tempo. Langley levava alguns anos colecionando todos os jornais publicados na cidade e os colocava em pilhas e fileiras que serviam como um muro de contenção para que Homer não esbarrasse nos móveis vitorianos do casarão. Langley, porém, ao que parece, não acumulava só os jornais da cidade, mas também máquinas de escrever, carrinhos, pneus, bicicletas, brinquedos, garrafas de leite, mesas, colheres, abajures. Homer nunca me falou sobre a afeição do irmão por coleções, mas agora consigo imaginar que o afã não era gratuito. Talvez pensasse que, trazendo para casa exemplares de objetos mundanos, o irmão cego poderia manter uma ideia das coisas que sustentam tolamente o mundo: um garfo, um rádio, uma boneca de pano. Talvez a soma de sombras acabasse escorando a coisa em si, e Homer ficaria a salvo do vazio que pouco a pouco ia abrindo caminho na sua cabeça.

*

Z era um poeta maior. Certa vez convocou Federico e a mim para ler para nós alguns trechos de "That". Nos encontramos em um banco na esplanada central da Universidade de Columbia. Federico chegou tarde, com sua costumeira arrogância de estrela prestes a ser descoberta. É que estava com Nella Larsen, disse, como se dissesse que estivera se divertindo com o rei da França. Federico era como um narcisista que havia lido Freud e, em vez de se espantar, se enternecera.

    Z começou a ler sem introduções, como fazem os muito seguros de si mesmos ou os muito inseguros de tudo. Ouvi-lo ler era como ser testemunha de uma cerimônia religiosa de abissínios. Eu não entendia praticamente nada, embora meu inglês tivesse melhorado bastante. Eram versos atravessados por teorias marxistas, cabetistas, espinosistas, teorias em geral, e isso o aparentava com os profetas que ficavam nas esquinas do distrito financeiro anunciando o fim do mundo, do capitalismo, de *the world as we know it*. Mas, além das teorias, havia em seus versos uma plasticidade que eu não tinha ouvido em nenhum dos meus contemporâneos ianques (que de resto jamais suspeitaram que eu fosse contemporâneo deles). A leitura, por culpa de Federico, foi desajeitada e tortuosa, pois, de vez em quando, o *españolet* pedia uma tradução geral dos versos, e eu me via obrigado a fingir que tinha entendido tudo muito bem. Ficaram gravados uns versos sobre como o tempo nos muda e nos rompe, que nunca acabei de compreender totalmente, mas que às vezes retornam a mim e me derrubam como a uma porca no detrito do seu desconsolo.

*

Talvez se eu puser uma barra de sabão no pratinho de comida ou um pouco de loção de barbear, estes gatos morrerão e me deixarão em paz.

*

Brincamos de esconde-esconde nessa casa enorme. É uma versão diferente da brincadeira. Eu me escondo, e os outros têm que me achar. Às vezes passam horas. Fecho-me no armário e escrevo parágrafos longuíssimos sobre outra vida, uma vida que é minha, mas não é minha. Até que alguém lembra que estou escondida, e me encontram, e o médio grita: Achei!

*

Neste sábado devo ir a Manhattan visitar as crianças. A mãe sai no fim de semana — para os hotéis de luxo do sul da cidade ou para as casas de veraneio na costa de Long Island —, e eu fico no seu apartamento de garota rica nos números altos da avenida Park.

Chego um pouco atrasado, e o porteiro me manda entrar no apartamento. Sei que, embora agora me custe vê-la, há no hall uma mesa de mármore que sustenta um vaso com flores frescas; há uma mesa longa e uma sala de entretenimento. Há aparadores com a louça em que comi durante muitos jantares, uma parede cheia de retratos familiares nos quais não figuro — salvo na cicatriz de um prego —; há um piano e sua partitura ilegível, envernizada, uma empregada uniformizada, uma cama tão grande e amarela amarga como o mar de Mazatlán. Há uma adega cheia de bebidas indispensáveis.

Minha ex-mulher teve a delicadeza de não estar para me receber. Deixa-me um bilhete com instruções que a empregada lê para mim: o pequeno não pode comer açúcar, por enquanto; a pequena toma banho às oito da noite. Como se eu não soubesse.

É uma tarde luminosa, esplêndida. Coloco o bilhete no bolso, pego uma garrafa de aguardente de Cundinamarca e levo as crianças para passear no meu antigo bairro. Queremos ir à feira, papai. Não dá, meninos, não tem dinheiro.

Tomamos o *subway* até o cento e pouco e atravessamos a ilha de leste a oeste. Em uma esquina compramos uma melancia e alguns refrigerantes. Chegando ao parque Morningside nos sentamos embaixo de um sicômoro branco, de mais de quinze metros, a sombra emaranhada, como as cabeleiras dos negros. Partimos a melancia com as mãos, com uma pedra, com um palito e com os dentes; obrigo-os a comê-la inteira, sentados em cima dos nossos suéteres, porque esquecemos as toalhas especiais que sua mãe guarda para os dias de campo. Não conseguimos mais comer melancia, papai, vamos explodir, imploram. Continuem comendo, nada é grátis. Nada, salvo a aguardente de Cundinamarca, que me cai bem. Para um homem nas minhas condições, o álcool tem algo de milagroso: destrava alguma coisa, relaxa os nervos do outro lado da esfera dos olhos e deixa ver o que há tempo se escondia entre as cataratas.

Distingo uma família a alguns metros de nós. Têm toalhas, música, bebidas, crianças com luvas de beisebol. Um tanto bêbado e encorajado, aproximo-me do grupo e travo amizade com um negro, o chefe da família. Oferece-me um rum. Acabou minha aguardente, então aceito. Chamo minhas crianças, que hesitam um pouco diante da nova tribo. Amável, alegre e rechonchuda, uma das meninas menores se apresenta: sou Dora, muito prazer, e vocês? Finalmente meu filho concorda em colocar a luva, e a irmã o segue. As crianças jogam beisebol em Morningside: é um pouco como a felicidade.

Sento-me no fio de uma pedra de onde se avista a janela do meu antigo quarto, no número 63 da rua que contorna o parque. Obviamente não consigo ver a janela, mas é um quadro que conheço bem e que posso recompor com facilidade. Além disso, com cada novo gole da bebida, reaparece um novo tom, tornam-se mais nítidos os contornos perdidos das coisas. Interrompem o quadro, intermitentes, os grandes seios da mulher do meu novo amigo. Nesta janela eu me sentava para escrever para Clementina Otero, a pedia em casamento uma e outra vez. Dançam seus enormes seios, ela dança e come o último pedaço de melancia — nossa única contribuição ao banquete. Meu filho marcou um *home run*, me conta o chefe de família, e todos nós aplaudimos de longe. Ali mesmo eu estudava inglês obsessivamente, sublinhando os números da *New Yorker* que a caseira tinha colocado em uma estante junto a várias edições da Bíblia, *always New Testament*. A negra morde a melancia e me olha, *hey Mexican poet*, diz, tudo escorre, discorre, e fica uma sementinha preta grudada na linha do decote. Vejo perfeitamente a semente, e meu olho gancho se engancha nela como na última corda no planeta de sombras. Eu me masturbava, era jovem, quando via meu reflexo nu nesta mesma janela. As crianças se jogam em cima do meu menino e formam uma pequena montanha sobre ele: Papai, grita de longe, papai, estão me batendo. Ela dança, dança para mim. A linha, a semente, meu corpo de agora se inclinando para ela, meus braços inchados arremetendo, rodeando-lhe a cintura, seus tapas, *you madafaka*, minha língua que se arroja para a semente, percorre a linha suave do decote, Papai, havia um *Spanish poet* melhor do que eu, chamava-se Federico, estão me batendo, papai, a negra tem gosto de loção, e havia *that American poet* muito bom, chamava-se Z, uma pancada seca na minha nuca, o *capotavola* me bate uma e outra vez com a garrafa vazia, *you madafaka*, há vidro por todos os lados, milhares de pedacinhos incrustados na minha cabeça, tudo preto. As crianças jogam beisebol, e uma espiga faz cócegas na minha orelha direita.

*

Nota (Owen para Araceli Otero): "Os negros são transparentes. À noite se vestem de vidro. Eu andei às vezes pelo Harlem entre um rio de vozes sem leito, sem manancial tampouco (grito que ninguém lançou). Através de todos se via a noite, transparente... Falam como os seus yucatecos. *C'mon, c'mon in, mise, two dollahs*. Um dia entrei. Não se pode escrever sem música e sem coreografia."

*

De quem você está se escondendo mamãe? Do papai?
Não.
De Consencara?
De ninguém.
Se quer se esconder, mamãe, precisa encontrar um lugar mais escondoso.
A cama não é escondosa?
Não, a cama é brincosa e um pouco atrapalhosa quando quero correr.

*

Federico e eu decidimos fundar um grupo inspirado no nosso amigo Z. Talvez às suas custas, mas não necessariamente em detrimento dele, o que não é a mesma coisa. Foi ideia de Federico, mas eu fui me transformando em seu divulgador, então não só concordei, como também me entusiasmei e até contribuí com ideias. Apesar de sua insistência em que incluíssemos Nella Larsen, conviemos que seríamos só dois membros e que o grupo se chamaria Os Ojetivícios. A ideia era que eu traduzisse imediatamente os poemas de Z enquanto ele os lia para nós e que depois Federico os recitasse ou cantasse em lugares públicos (sua teoria era que em andaluz tudo rimava, então seria fácil conservar o espírito e as rimas impossíveis dos versos de Z, mesmo, ou principalmente, se fizéssemos algumas traduções apenas fonéticas). Poderíamos, além disso, pedir um pouco de dinheiro em troca.

O amigo Z, obviamente, não sabia nada sobre nossos planos e pensava apenas que queríamos ouvi-lo ler,

então, quando lhe pedimos que lesse os últimos versos corrigidos de "That", veio muito bem-vestido à esplanada da Universidade de Columbia e nos explicou: *In these few stanzas, I'm trying to make things speak.*
Diz que nestes versos tenta fazer os objetos falarem. Como?
Federico is asking how can things speak.
Z olhou para nós dois, um pouco paternalmente, e com absoluta solenidade disse: *I'm trying to make the table eat grass, although I can't make the table eat grass.*
O que ele está dizendo? — perguntou Federico.
Que se cale e se sente na grama.
Z tirou seus papeizinhos de uma pasta e começou a ler. O poema começava com um verbo bastante estranho, "Behoove", e tinha uma métrica difícil de captar de cara, mas sem dúvida alguma bem trabalhada. Era como ouvir uma fuga de Bach, mas sem qualidade. Era difícil saber o que significavam os versos, mas talvez isso não importasse tanto quanto descobrir como funcionava seu mecanismo interno. Fiz o que pude para traduzir a Federico: No início, disse, fala dos Hoover, aquelas máquinas que servem para aspirar. Se soubesse inglês, saberia que os yankees estão sempre transformando os substantivos em verbos. Então, na verdade está dizendo "Behoover", ou seja, "aspire-nos". Os objetos estão pedindo que alguém os aspire. A partir daí, o poema está formado pelas coisas que vão dizendo os objetos enquanto estão sendo aspirados por um Hoover. Os quatro versos anteriores ao final são os que ele leu da outra vez e são magníficos. É melhor eu tentar traduzi-los no papel, depois lhe digo. Enquanto isso anote todas as palavras importantes, depois vemos o que fazer. O verso final é muito bom, é sobre as Troikas dos russos (isso tinha entusiasmado Federico, que anotou para a próxima aparição pública dos Ojetivícios).

O bom era que Z não entendia espanhol, e Federico fingia me entender, então não havia como fazer feio.

*

Decidi dar nome aos três infames, que já acabaram de se instalar no meu apartamento. Não sei se são machos ou fêmeas e não quis apalpar as barrigas por medo de que me arranhem caso minha mão trêmula esbarre de repente em um par de testículos felinos. Chamam-se Cantos, Paterson e The. Naturalmente, nunca sei quem é quem, então às vezes digo sem pensar "The Paterson Cantos", e vêm os três. Mas são nomes muito sérios para serem repetidos levianamente, assim que na maior parte do tempo chamo todos por sua característica em comum: putos ianques.

*

As crianças brincam de esconde-esconde nesta casa cheia de buracos. É uma versão diferente da brincadeira. O médio esconde a bebê e eu tenho que encontrá-la.

*

Depois do incidente de Morningside Park, minha ex--mulher não me deixou voltar a Manhattan para visitar as crianças. Você me chega bêbado, Gilberto, e as crianças me chegam horríveis. A Senhora gostava deste "me", como se tudo fosse uma conspiração contra sua pessoa. Me bateram no pobre menininho e a menina teve que buscar sozinha um táxi para que os trouxessem de volta; e você me vem nesse estado, Gilberto, não mereço isso.

No primeiro fim de semana em que eu devia estar lá com eles, levou-os a Coney Island. As crianças ligam para mim de lá, com as moedas que sua mãe lhes dá aos domingos. Sabem que eu nasci em um domingo e que só por isso posso me deprimir muito. Por isso ligam, são crianças educadas. Hoje vimos o show do anão vomitador, ele lembra você, papai, mas em tamanho pequeno. Bebia litros e litros de água e depois vomitava em um balde. Não era um truque, papai, ele bebia mesmo e vomitava muito. E depois a mamãe nos comprou umas lolly-pops de morango. Mas você é alérgico ao morango, papai, e pode morrer.

*

Não falo com meu marido há mais de uma semana. Sei que dorme em casa, porque algumas noites, quando não consigo dormir, percebo-o entrando na cama. Cheira mal. Cheira a rua, a restaurantes. Cheira a pessoas. Outras vezes, sei que se enfia na cama do menino médio e dorme ali. Ouço-os se levantarem juntos pela manhã, tomar banho, tomar café da manhã com a bebê, sair para a escola. Às vezes, leva a bebê com ele durante todo o dia. Outras, deixa-a aqui comigo e não volta até a noite. Quando volta, cumprimenta as crianças e se joga na nossa cama para ver televisão. Quando eu me deito na cama, ele se levanta e se põe a trabalhar em alguma coisa.

*

Comecei a desconfiar de que neste verão de 28 fiz algum tipo de pacto fáustico. Não me lembro de tê-lo feito, obviamente, nem acredito seriamente no Diabo, nem em Goethe, nem em Marlowe. Mas alguma coisa em meio às minhas sucessivas mortes deve ter acontecido; algo que explique o cego gordo de três libras que sou agora. Não é que o diabo tenha me dado nada em troca, assim que tampouco explico o castigo dos seios e esta morte tão pouco garbosa.

*

Homer sim acreditou quando lhe disse que tinha visto Ezra Pound no metrô e que havia uma mulher a quem sempre via em outro trem. O que acontece com você, disse, é que também pode se lembrar do futuro.

*

Nesta vida, quase ninguém tinha morrido. Xavier, por exemplo, não tinha morrido. Mas eu sim. Escrevia cartas ao lado da minha laranjeira, a todos, como se já fôssemos fantasmas, como se contribuísse com minhas descrições desde uma Manhattan barco afundado para a encenação de nossa posteridade. "Pelas duas janelas chegava o parque, todo vozes de crianças", dizia a Xavier. "É um parque escalonado, como um espetáculo visto da plateia da minha janela. Aqui as crianças são crianças. Os grandes se beijam, às vezes, quando não estão muito cansados. Eu estou sozinho e nu, com apenas uma bata de seda me cobrindo": a sintaxe da infelicidade aspiracional.

    Mas um dia minha laranjeira morreu. Eu tinha ido de viagem às cataratas do Niágara e não a reguei antes de sair. Quando voltei, estava completamente seca — como se tivessem passado anos, e não apenas duas semanas. Sua repentina morte seca me deixou tão triste, pareceu-me tão profética à sua maneira que subi as escadas do meu edifício até o terraço e simplesmente a abandonei ali.

*

Certa vez, por volta do início do outono, consegui ver a mulher de rosto obscuro e olheiras por mais tempo do que os breves instantes que costumavam propiciar nossas respectivas viagens em trens paralelos. As portas do metrô em que eu viajava travaram, e estávamos havia mais de dez minutos parados na plataforma. Nisso, aproximou-se outro trem por trás, pelas vias contíguas, e parou ao lado do nosso. No vagão do lado, a cabeça apoiada na janela, estava a mulher, com um chapéu de tecido verde-oliva e um casaco vermelho, abotoado até o pescoço. Ia lendo um livro de capa branca. Inclinando um pouco a cabeça, consegui ler o título, que para minha surpresa era uma palavra em espanhol: "Obras", dizia. A mulher se sentiu observada e levantou o olhar — suas olheiras enormes, seus olhos enormes. Ficamos nos olhando como dois animais deslumbrados por um violento raio de luz artificial até que o seu trem voltou a arrancar.

*

Você foi casado, Homer?
    Sabe qual é a diferença entre os enunciados analíticos e os sintéticos? — respondeu-me.
    Havíamos tomado nosso sorvete de cocaína em silêncio, e eu estava hesitando em contar ao Homer que queria me casar com uma mulher que se chamava Clementina Otero, e que ela não gostava nem um pouquinho de mim.
    Não, senhor — respondi —, qual é?
    Limpou as mãos com um lenço celeste que tirou do bolso, ficou de pé diante de mim e começou, em tom professoral:
    Analíticos: enunciados verdadeiros em virtude de seu significado. Exemplo: "Todo solteiro é um homem não casado." Sintéticos: requerem algo do mundo para ser verdadeiros. Exemplo: "Todo homem casado acha que a felicidade duradoura é dançar a vida toda com a mais feia."

E eu, o que sou?
Você não é um enunciado, Gilberto.

*

Mas agora eu sou exatamente isso, um enunciado. E também porque agora sou um enunciado sei que foi certo ter deixado minha mulher. Já não estava, aos meus quarenta e tantos, para dançar com a mais feia. Nem assim, tão gordo e tão cego.

*

Mamãe, o que é isso que tenho dentro da minha mão?
　Isso o quê, meu amor?
　Um pé de laranja!
　Como?
　Não te deu riso?
　Não.
　Pois também não me deu laranjas!

*

Ontem à noite voltei para casa um pouco mais bêbado do que o costume, de um jantar na casa do vice-cônsul inglês. Estavam ele, sua mulher, uma possível bicha argentina e três ianques (homens, não gatos) com suas três mulheres ianques (tampouco gatos, embora quase). O problema moral dos e das ianques é que acham que são suecos, mas em circunstâncias limite são tão mal-educados quanto os hondurenhos, só que mais calculistas e hipócritas. Conversamos a noite toda sobre as obras públicas da Filadélfia, o novo governador e o clima bárbaro do verão, o excesso de moscas e mosquitos, até que chegou a sobremesa e uma das senhoras propôs o tema da escandalosa infidelidade de não sei que político famoso. Começou a falar o que tinha mais *seniority*, e certamente mais experiência naquilo que estava criticando. Enquanto atarraxava uma aliança — para escorar a porca nodal de um mecanismo prestes a se desmantelar —, construía frases eloquentes sobre o sentido último dos votos matrimoniais. Alguém fez uma referência ao *Marriage and Morals* de Russell. Eu me lembrava — tinha lido o livro quando jovem — que o capítulo intitulado "Matrimônio" era seguido por outro intitulado "Prostituição". Falei isso em voz alta, e todos olharam para mim, guardando silêncio, até que um dos ianques, que estava à minha direita, irrompeu em uma gargalhada paternal, palmadas nas costas, *Oh you Mexicans.* Senti uma vontade desesperada de urinar — acontece sempre que me torno o centro das atenções. Uma das esposas exigiu uma explicação, que não tive de dar graças ao argentino que se levantou da mesa para se despedir e rompeu a tensão. As senhoras encerraram o assunto, os senhores acenderam seus charutos e, assim que pude, despedi-me efusivamente do vice-cônsul inglês, de seus amigos, amigas, e saí pela porta.

Os vizinhos da sua quadra têm cadeiras de balanço e flores nas varandas: prováveis gardênias, gerânios, petúnias. Subi os degraus de uma das varandas e urinei em uns gerânios aromáticos. Ao me virar para descer outra vez para a rua, esbarrei em um vaso, que rolou pelos degraus, esparramando-se. Na escuridão, consegui juntar parte da terra que havia caído, calquei-a como pude no lugar e, apenas para não deixar rastro, fui carregando o vaso até minha casa.

Abri a porta e cumprimentei os putos ianques. Pus minha nova aquisição em cima da mesa e me sentei em uma cadeira para compartilhar com eles minha última reserva de whisky. Os gatos giravam, não sei se inquietos ou só curiosos, em torno do novo objeto. Quando tinha terminado de dispor nossos quatro copos na mesa, e servido a cada um sua onça, às cegas, pus uma mão no vaso. Sondei as bordas, remexi com as unhas a terra solta. No centro crescia um arbusto ou uma pequena árvore seca — uma provável laranjeira morta, pela textura do tronco central e pela desordem dos galhos. Toquei o recipiente primeiro com a palma, depois com as pontas dos dedos. Soube quase imediatamente que não era um vaso qualquer. Consegui constatar, apalpando os relevos, que era o meu vaso, o das chamas verdes, ao lado do qual tinha escrito todas as coisas boas que escrevi na minha juventude. E, se não era o meu velho vaso, era igual a ele, e isso bastava. Entusiasmei-me tanto que expulsei os putos ianques a pontapés. Em um pedaço de papel que encontrei em cima da geladeira, comecei uma carta, como para um amigo morto, talvez anotações para um romance.

 Volto a lê-las hoje, já com luz de dia e uma lupa. A única coisa que consigo decifrar:

O romance estaria narrado em primeira pessoa, por uma mulher de rosto moreno e olheiras profundas que talvez já tenha morrido. A primeira linha do romance tem que ser este verso de Emily Dickinson: "Ouvi o zumbido de uma mosca ao morrer."

*

Foi com o Homer que desenvolvi minha teoria das muitas mortes. Ou talvez deva dizer que foi ele quem a propôs, e eu apenas a elaborei ao seu lado.

 O que acontece é que a gente morre muitas vezes em uma mesma vida, estimado sr. Owen.

 Como assim, sr. Collyer?

 As pessoas morrem, deixam irresponsavelmente um fantasma de si mesmas por aí e depois continuam vivendo, original e fantasmas, cada um por sua conta.

E como se pode saber quem é fantasma de quem?

Às vezes é fácil. A semelhança física, principalmente das orelhas. Você ouviu falar de um jovem escritor, Samuel Beckett, que este ano publicou seu conto "Conjectura"?

Nunca.

E do filósofo vienense que publicou há alguns anos umas loucuras sobre a linguagem e a lógica que tinha escrito em uma trincheira?

Claro, Ludwig Wittgenstein, este sim é famoso: "O mundo é tudo o que acontece." Mas também não o li.

Bem, não importa. Outro dia meu irmão chegou à casa com o jornal. Leu para mim, como todos os dias, a seção de sociedade, a de cultura e a de política. Na de política aparecia uma matéria sobre Wittgenstein, e na de cultura uma sobre o jovem Beckett. Pareceu-me que as duas falavam da mesma pessoa. Perguntei-lhe se havia fotos dos dois. Meu irmão confirmou minha suspeita: as mesmas orelhas. Ficamos às voltas com o assunto durante algumas horas e acabamos concordando: entre estes dois, Ludwig é o fantasma, e Samuel, o original.

Mas Wittgenstein não é o mais velho?

Isso não importa.

Como?

Caralho, sr. Owen. Não é você que pode se lembrar do futuro?

*

Repreendi o menino médio porque escondeu a bebê em uma gaveta da geladeira.

*

As crianças nunca vêm à Filadélfia. Ontem lhes enviei uma carta dizendo que o papai estava contente e reverdecendo e coloquei no envelope uma foto tomada por uma espécie de aluno tolo de Marcel Duchamp em que apareço segurando meu vaso com seu feixe de galhos secos — nunca mais ia me separar da minha árvore —, gordo e engravatado, diante da minha escrivaninha de eterno papai burocrata sem filhos nesta costa sem costa deste país sem sexo. Sente-se falta de vocês por aqui, Papai, Gilberto. (2 de janeiro de 1951.)

*

A primeira e última aparição pública dos Ojetivícios foi, previsivelmente, um fracasso. Federico e eu buscamos um corredor bem amplo da ferrovia subterrânea. Levávamos um banquinho onde Federico ficaria de pé enquanto durasse a declamação. Ele recitaria em espanhol enquanto eu enunciava os versos em inglês, mais baixinho, ao seu lado. Levávamos também um aspirador Hoover que, como tínhamos convencionado, era o objeto em torno do qual girava aquele trecho tão obscuro de "That". A pista para começar seria que ele apontasse para o botão de ligar do Hoover e então:

Federico	Eu
Isto, coça e diz, 　　aspire-nos! Isto fala que a engrenagem 　　adora listas No whisky luzes infinitas 　　de gafanhotos Bálsamos e dourados 　　acordes nebulosos Ninguém sabe ao certo 　　quem nos ama O tempo não nos move, 　　nós estamos apaixonados, 　　olhando	In this kitchen saying: 　　"Behoover us, Deposit in eaves the things 　　above happening, From a wish-turning key 　　to fine infinite locusts Damn the jeweled eel, 　　this accordion to fuck-us. No one really owns us who 　　does not have us, Time does not do us, 　　we are above 　　freeing

Rembrantdt cheio	Embracing while
de gansos	fearing
que nos chocam	the guys who choke us
Surdos e eternos como homens	So defend eternal men
na vodka	in troikas."

Aconteceu o que mais poderia acontecer ao Federico: ninguém nem sequer parou para vê-lo, por mais que o *españolet* tivesse aprendido os versos de cor e cada vez os recitasse com mais afeto que um elefante no cio. Eu me sentei no chão e comecei a ler — a fingir que lia —, de um lado do banquinho, e saboreei a carta que escreveria a Salvador contando sobre os pequenos espasmos musculares do *culet* de seu adorado andaluz enquanto se esforçava com todo o seu corpo e todo o seu carisma para chamar a atenção da raça mais insensível do planeta. Gente perpendicular.

Federico tinha uma virtude, ou eu um defeito. Ou talvez fosse o contrário. Ele não tinha medo do ridículo, e eu tinha pavor. Sempre que fiz ridículo acabei dando explicações. E não há nada que me provoque mais aborrecimento do que dar explicações. Enrolo-me, tropeço, me emboto.

Por isso não disse nada ao Federico quando vi passar diante de nós a mulher do casaco vermelho carregando uma cadeira de madeira — esbelta e um pouco frágil, como ela — e saí do chão como se tivessem me colocado um foguete no rabo. Abandonei Federico ali, e a segui pela estação até a rua. Mas, quando chegou à escada da saída do metrô, ela não subiu, não saiu à rua. Deu meia-volta e tornou a entrar na estação.

*

Como é isso de se lembrar do futuro? — perguntei um dia ao Homer enquanto nos entupíamos de sorvete de chocolate com cocaína.

Você é mesmo um idiota. (A expressão que utilizou foi *moron*, e, como eu não conhecia a palavra, da primeira vez que a pronunciou, eu não soube se era elogio ou acusação.)

Como assim?

Você não foi romancista?

Escrevi dois romances líricos, às vezes à luz e às vezes à sombra de André Gide.

Pode ser então que você seja um mau romancista, mas é romancista.

Concedido.

Se escreve romances, dedica-se a desdobrar o tempo.

Acho que se trata mais de congelar o tempo sem deter o movimento das coisas, um pouco como quando a gente está no trem, olhando pela janela.

E também é normal que, se é romancista, seja um idiota.

*

Passeava pouco, nesta cidade onde todo mundo passeia. Ficava o dia inteiro prostrado diante de uma mesa, redigindo ofícios. Mas um dia, enquanto comia meu sanduíche na copa do consulado, li uma notícia que me deixou tão de bom humor que larguei tudo como estava e saí para a rua. Um jovem marido exigia, perante o juiz do tribunal de Newark, o divórcio porque sua noiva não tinha lhe revelado até a própria noite de núpcias que, em vez de perna direita, tinha uma prótese de madeira. Ele tinha roubado a perna falsa como evidência para a apelação, e ela o tinha processado por roubo. Até aí chegava a matéria. Era uma história perfeita que exigia um final que talvez eu tivesse escrito nesta mesma noite, não fosse porque outra história me distraiu de todo o resto.

Saí do consulado-geral em ritmo autoliterário e fui caminhando pelas ruelas do sul da cidade um pouco como aquele personagem de Edgar Allan Poe que segue as multidões sem um propósito claro. Atravessando uma esquina, avistei uma mulher. Era uma dessas escandinavas que não entrariam nunca na classe rica dos United, mas que justificavam todos os escarros de petróleo de transatlânticos lançados ao mar, todos os quilos de cimento derramados na ilha dos pobres Manhattoes, todos os hambúrgueres gordurentos, todas as privadas, as baratas, o léxico atropelado dos recém-chegados que pedem um *sunny-side-up* para o café da manhã. Acho que essa foi a terceira vez que morri.

Deve ter acontecido enquanto eu atravessava a rua em direção à esquina onde ela estava parada. Certamente fui atropelado por um desses taxistas malucos. Depois, terminei de atravessar a rua e parei junto a uma lâmpada, para vê-la mais de perto. Dava dez passos em uma direção, se virava, e dava dez passos em outra. Ponta calcanhar, ponta calcanhar. Sempre dez. Tinha os pés ossudos, cor de creme, escorados por umas sandálias escuras com duas fitas de seda que subiam por uns tornozelos finos e terminavam em um laço na metade da panturrilha. Uma única daquelas pernas valia mais do que todas as pernas da ilha, ou do mundo. Se a pobre mulher perneta que ia se divorciar prematuramente tivesse tido uma daquelas pernas, seu jovem esposo não teria achado que lhe estavam dando gato por lebre e não teria pedido o divórcio. Aproximei-me dela e pus a mão na borda do seu ombro. Ela se virou, eu não soube o que dizer — mas depois menti para Villaurrutia em uma carta: "É uma sueca, e não estou apaixonado por ela, mas a tive virgem."

A verdade era que Iselin não era nem virgem nem sueca. Era, para dizer com elegância, uma norueguesa muito trabalhadora. Mas caí como uma pedra. Apaixonei-me como uma pedra poderia se apaixonar por um pássaro. Nesta tarde me levou pela mão até um quarto de hotel do Bowery e, como diriam os homens, me teve virgem. Deixei de ser, como diziam então, um pobre *cherry* e me senti, com todo o meu um metro e 45 de altura, um macho completo.

*

Tenho certeza de que meu marido já não lê nada do que escrevo. Já não lhe importa, já não importa.

*

Minha ex-mulher quer levar as crianças para a Europa. Considera que é parte fundamental da educação de um bom *criollo* tratar com gente mais loira e mais bem-vestida. O que ela não sabe, o que nem sequer imagina a Lagartona Mor, é que a única coisa que vai conseguir com essa viagem é semear nas minhas crianças a sementinha do autodesprezo. Consciente de que ir esbanjar sua fortuna familiar em vestidos para coquetéis que sempre terminariam com ela abrindo as pernas para algum folgado afeto a sussurrar versos de Mallarmé às latino-americanas ricas lhe causaria algum tipo de culpa, pedi que me emprestasse o apartamento de Manhattan enquanto estivesse fora. Acho que não é boa ideia, Gilberto, disse, com aquele olhar petulante de quem acha que é sua obrigação educar o ex-marido.

*

> Nota: "O túmulo de Owen na Filadélfia não tem epitáfio. Sua família quer transladar os restos para Rosário."

*

Os fins de semana são o mais difícil sem as crianças. Nos dias úteis preparo um café às seis da manhã, bebo-o enquanto tomo banho, visto-me com a paciência e resignação com que um pai veste o filho, cada botão um ritual, as voltas da gravata, a pausa e meia do cinto. Deixo algo para os gatos, que deverá ser comido pelo fantasma, pois um ser vivo nunca comeria uma barra de sabão nem um litro de colônia. Vou para o escritório, saio, embebedo-me modestamente, sozinho ou com algum colega, e volto às trevas do meu apartamento cheio de coisas que os fantasmas vão trazendo. Hoje, por exemplo, apareceu uma bicicleta na cozinha e uma pilha de livros no parapeito da janela. E assim todos os dias. Algumas noites, não consigo tirar o terno e durmo abraçado a um travesseiro de plumas até que voltam a dar as seis da manhã no meu despertador, e os putos ianques vêm lamber meus olhos.

Mas aos sábados não tenho a desculpa da gravata nem a esperança mentolada do creme de barbear. Acho, além disso, acho que esse é o dia em que o fantasma sai de passeio, pois não se ouve nenhum barulho, e a casa parece mais vazia do que de costume. Eu saio também, para comprar os jornais, que obviamente já não consigo ler bem. Mas os acumulo em pilhas, como os irmãos Collyer, e depois vou fazer uma muralha que divida o apartamento em dois: já tenho três pilhas na cozinha, quase da minha altura. Antes de voltar para casa, compro um café na esquina e volto dando passinhos curtos e lentos, alongando o mais possível o retorno a este mundo sem risadas nem discussões nem choro de criança, desejando que pelo menos o fantasma tenha voltado do seu passeio. Quando chego, deito na minha poltrona e me ponho a acariciar os três gatos que se jogam em cima de mim como se fossem eles os que precisassem de consolo.

*

Voltei à mesma esquina para procurar Iselin. Não estava. Voltei duas, três, quatro vezes. Suas colegas de trabalho não quiseram me dar nenhum número de telefone, nenhum endereço. Não se afeiçoe, menino. Na quinta vez a encontrei na sua esquina. Levei-a para jantar no Bowery. Depois, ela me levou ao hotel. Inevitável.

*

Estou me afeiçoando aos três gatos. Resultaram, ademais, ter um lado útil e muito solidário. Já não lhes dou nem colônia nem sabão, apenas deixo meus restos na mesa, e eles vêm lamber os pratos. Lambem-nos tão bem, tão a fundo, que já não é necessário lavá-los. Dei para acariciá-los todo o tempo. Eu gosto de passar a mão da ponta da cabeça à ponta da cauda.

*

Entra o médio no meu quarto, onde estou escrevendo:
  Olhe, mamãe, essa era nossa casa.
  Que bonito.
  Não, não é muito bonito. Veio um dinossauro muito forte, e a casa se derrubava.
  E quem é este?
  Você, que ficava embaixo do teto que caiu.
  E isso?
  Isso é só um coração que estava aí pintado.

*

Nota (Gilberto Owen a Celestino Gorostiza, em 18 de setembro de 1928): "A paisagem e todas as minhas aspirações são agora verticais. Estes homens do Norte, místicos, sem nenhum pingo de sensualidade, de olho por olho, são apenas pobres músicos. Movemo-nos, acordados, em um espaço efetivo e amplo. Eles no tempo. Nova York é uma teoria de cidade construída somente em função do tempo, Manhattan é uma hora, ou um século, com a traça dos *subways* perfurando-a, comendo-a segundo após segundo."

*

Um dia perguntei a Z se alguma vez tinha visto Ezra Pound. Não, respondeu, mas lhe mandei uns poemas há alguns anos, e ele os publicou. E o que me diria se lhe digo que o vi há alguns dias em uma estação do *subway*? Pois que certamente ele terá visto você também.

Suponho que a mulher morena também me via. Talvez me visse até quando eu não conseguia vê-la; quando ia distraído com um livro, ou ia dormindo até minha parada na rua 116. Provavelmente ela também me buscava entre a multidão de subabacas e só sentia que sua jornada idiota tinha valido a pena depois de ter me visto, mesmo que fosse em um vislumbre.

*

Iselin fazia como os homens. Era muito mais alta e mais forte que eu. Quando entrávamos em um quarto de hotel, me jogava na cama com tremenda violência, me mandava tirar a roupa — eu, sendo pequeno de constituição, aprendi logo a ser submisso — e se jogava sobre meu corpo nu com mais aprumo do que as tropas revolucionárias sobre uma cidade já rendida. Quando a tinha em cima, cheia dos sucos prévios ao orgasmo, seu rosto guardava uma leve, mas inquietante, semelhança com o do presidente Álvaro Obregón, que tinha morrido havia alguns meses, então eu me enquadrava e quase sempre preferia fechar os olhos no instante do orgasmo.

*

Saio da cama só para fazer comida para as crianças. Observo minhas pernas, parecem duas trombas de elefante.

*

Ouça, sr. Collyer?
    Diga, Owen.
    Você tem fantasma?
    Vários.
    Quais são, onde vivem?
    Com todo respeito, querido Owen, não é da sua conta.

*

Considerei que um speakeasy era um lugar apropriado para ir com Iselin. Como a maioria dos lugares desse tipo tinha fechado definitivamente no Bowery, onde ela quase sempre preferia me ver, combinei com ela na saída do metrô da rua 125, perto da minha casa. Esperei-a. Atrasada, apareceu vestida de *garçonne*, o cabelo para dentro de um chapéu. Começa-se a ver Manhattan do *subway* — disse enquanto me dava um abraço obscuro mais fraternal do que promissor —, os que a veem de cima, da torre de Woolworth, não veem nada, vivem em uma maquete de cidade. Iselin era como um Paul Morand a quem se perdoava esse tipo de observação apenas pelo prodígio de seus quadris.

Fomos para um muquifo da rua 132. Vendiam genebra. Ficamos pouco tempo porque eu tinha certeza de que apareceria Nella Larsen, e não queria encontrá-la. Mas bebemos rápido e bem. Depois da quarta rodada, minha companheira deu seu chapéu a um saxofonista e lhe disse: *You're the cat's pijamas boy*. Na hora não entendi a expressão, mas alguma coisa em mim entendeu, e o ciúme me ferveu o sangue. Bebi muito, bati no saxofonista com seu instrumento e morri de novo. Não sei de quê, nem me importou: acordei deitado no terraço do meu edifício, a cabeça de Iselin apoiada no meu peito, seu chapéu de garoto na minha, minha mão acariciando seu cabelo liso comprido esparramado sobre o meu ombro. Acho que a amei de verdade.

*

Nella Larsen era escritora. Também era mulata e sueca — reunia, como o faria um paradoxo que tivesse bunda e pernas —, as duas características que separavam os Owen dos Lorca do mundo: o sueco e o negro, o meu e o seu. Nella nos convidou para uma festa na sua casa no número 331 da avenida Convent. Só convidei negros, mas você, Federico (pronunciava o d de Federico como se mantivesse uma bola de gude entre os dentes), é suficientemente negro, e você, Gilberto, você parece índio apache ou suomi e tem o nariz mais feio do que um mulato médio, todos os mexicanos são assim? Além disso, precisamos de um tradutor para o Federico. Sorri para ela e disse: Obrigado, Nella. Expliquei ao Federico: Nella diz que em sua festa vai haver apenas negros e que o único branco vai ser você.

Os dentes pequenos e perfeitamente quadrados de Nella, sua expressão de criança, o lábio superior um pouco mais escuro do que o inferior enlouqueciam Federico;

de minha parte, não sei se gostava de alguma coisa nela. Acho que, no fundo, eu não gostava de nada e até me caía mal. Não queria ir à festa, mas Federico estava em ritmo de eterno recém-chegado à cidade e insistiu. Não sei por que me prestava à tortura das reuniões do Harlem às quais acompanhava Federico como um chihuahua de madame, e nas quais nunca fui mais do que uma presença remota que não sabia nem cantar nem dançar; só traduzir e ladrar um pouco.

 Nessa noite, na casa de Nella, houve muito whisky. Nos sentamos ao redor de uma mesa baixa, no centro da sala. Federico ficou longe, do outro lado do cômodo, e eu não tinha com quem conversar. Serviram-me um whisky que bebi em silêncio até que entrou pelo arco que separava a sala da sala de jantar um homem magro, jovem e muito moreno, amaneirado ao seu modo. Esta é uma surpresa que eu trouxe para vocês, meninos, anunciou Nella, e todos se calaram. Virou-se para mim, sorriso de meia-lua: uma joinha mexicana, Gilberto, que eu trouxe só para você. Os convidados reataram as conversas, indiferentes, e o jovem veio se sentar ao meu lado, quase no meu colo, e me estreitou uma mão frouxa: José Limón, pintor e bailarino. Pintor ou bailarino?, disse-lhe, e em seguida antipatizei comigo mesmo. Nunca consigo dizer as coisas que penso no tom que imagino antes de enunciá-las. Acho que é porque tenho ouvido ruim. Por isso sempre fui mau bailarino e nunca aprendi a tocar um instrumento. Acontece com as canções: ouço-as perfeitamente na cabeça e depois não sei cantarolá-las. E acho que a eloquência ao falar se reduz a isso mesmo: saber dizer as coisas no tom exato em que a gente imagina. Limón parecia um rapaz decente. Mais bailarino, respondeu, com um sorriso amplo, explicativo.

 José Limón era de Sinaloa, como eu, e também saíra de lá muito pequeno. Tinha um modo afetado de contar sua história; estava cheio de confiança, como se soubesse prematuramente que a sua era uma trajetória, e não apenas mais uma vida, um trem que saiu de Sinaloa para chegar a algum lugar. Há pessoas que sabem contar sua vida como uma sequência de eventos que conduzem a um destino. Se você lhes dá uma caneta, escrevem um romance chatíssimo, em que cada linha está ali por um motivo: tudo se encadeia, como um manto asfixiante. Mas se cala sua boca e os põe para dançar ou pintar, acaba perdoando-lhes a fealdade, a cara de tolice, a arrogância sem limites de criança superdotada.

Federico começou a tocar uma espanholada no piano. Os convidados se entusiasmaram e tiraram os casacos. Eu me encolhi. Nella cantou um pouco, dobrando as letras de um blues que evidentemente todos conheciam, para fazê-las caber na taça aberta que Federico, outro autista superdotado, oferecia, empenhado agora em agradar a um grupo de ianques; negros, sim, mas ianques afinal. Eu me encolhi mais: um chihuahua mexicano entre mastins. O garoto Limón se levantou, certamente encorajado pelos drinques e pela euforia dos outros e foi parar perto do piano. Quando Federico terminou o último compasso, disse-lhe algo ao ouvido, e o *españolet* lhe devolveu um sorriso e começou a tocar uma valsa.

Limón começou a dançar, ou algo assim, e Federico seguiu. Os convidados se afastaram, formaram um semicírculo em torno deles; observavam-nos, um pouco como se observa uma família de caranguejos tropicais em um aquário. Limón movia o torso e os braços como se fossem partes independentes de um pêndulo. Levantava as pernas acima da cabeça, antecipava-se à música para voltar a cair no compasso justo. Havia um pouco de virtuosismo triste naquele corpo compacto, magro, moreno, negociando quedas e elevações com a vida e a morte, enquanto Federico deixava a boca e a alma entre as pernas de Limón.

Eu estava francamente comovido, quando começaram a brotar algumas risadas entre os convidados. Primeiro tímidas vibrações de línguas, depois dentes e assobios de lábios grossos, depois ventres, peitorais, corpos inteiros languidecendo na estridência de uma gargalhada que se prolongava além daquela casa, além daquela noite de matilhas.

É devastador o efeito do riso: capaz de destruir qualquer coisa que se pronuncie sincera, de invertê-la e mostrar seu lado ridículo. Afastei o olhar para a janela, a cidade e suas luzes, a escuridão que rodeia cada esfera de luz artificial. Federico continuou tocando até o final, e Limón continuou dançando. Quando terminaram, eu aplaudi febrilmente, e os negros começaram a dançar sua dança, com Nella novamente ao piano. Limón desapareceu, como fazem os fantasmas ou os valentes; eu fiquei no meu lugar no chão, vendo os outros dançarem, aplaudindo obediente ao final de cada canção, até que amanheceu e Federico me tirou dali.

Acha mesmo que vejo meus fantasmas futuros no *subway*? — perguntei a Federico no caminho para casa; a avenida Broadway, seus atoleiros como grandes moedas de prata, o céu quase sempre triste e um pouco tonto do amanhecer nesta cidade.

Acho, Gilberto, acho: hoje vimos o meu fantasma dançar.

Um tanto bêbado e com aquela sensibilidade muito latino-americana que agarra a gente com os tragos, abracei-o e disse que gostava dele de verdade e que oxalá um dia também fôssemos fantasmas do *subway*, que assim pelo menos nos cumprimentaríamos de vagão a vagão pelo resto da eternidade. Deus nos livre, respondeu.

*

Devo escrever um romance vertical, contado horizontalmente. Uma história que tem de ser vista de baixo, como Manhattan do *subway*.

*

Talvez a última coisa que um homem perde é o vigor. Depois, quando isso também já foi perdido, um homem se transforma em um depositário de ossos e rancores. Em outro tempo, eu era uma pessoa cheia de vigor, capaz de pegar uma prostituta norueguesa pela mão e correr por uma rua do Harlem, levá-la ao meu terraço, levantar sua saia. Também a Iselin eu começava a vê-la de baixo. Às vezes, pedia que ficasse de pé na cama, e eu ficava deitado debaixo dela, somente olhando.

*

Já entendi isso de se lembrar do futuro.
 Felicito-o, Owen.
 Conheci há alguns meses uma prostituta, e outro dia ficamos no meu terraço como namorados, e fiquei acariciando sua cabeça até que saiu o sol.
 Dupla felicidade, dormir com uma prostituta.
 De algum modo soube que em um futuro me lembraria desse instante e saberia que foi o único que justificaria todas as minhas histórias de amor, e que todas as outras mulheres seriam para mim uma tentativa de voltar para aquele terraço.
 Acho que você não entendeu nada de nada.

*

Como uma forma de reciprocidade, imagino, Federico convocou a mim e Z para o mesmo lugar, para ouvir uns versos que estivera polindo naqueles dias. Imaginei que seriam uma versão ao mesmo tempo simplificada e exagerada das imagens brutais do trecho sobre as ruas de Manhattan que o amigo Z tinha lido para nós. Até então, vinha escrevendo poemas infantis sobre sua solidão no bairro da Universidade de Columbia e sua admiração algo condescendente pelos negros. Federico queria que eu traduzisse trechos simultaneamente. Eu obedeceria, um pouco penalizado, ou talvez um pouco animado pela ideia de baixar as calças do *españolet* e despir o mecanismo de seus versos, que, segundo minha percepção, seriam sempre mais pobres do que os do ianque. Mas Federico leu uns versos proféticos, brutais, lindos, sobre uma valsa vienense. Havia um museu da geada, um salão com mil janelas e um bosque de pombas dissecadas. Não me lembro de muito mais. "Fotografias e açucenas", terminava um verso que eu gostaria de ter escrito.

*

Alguns meses antes de ir embora de Manhattan, mandei a Novo meu "Autorretrato ou do *subway*", que levava meses cortando e editando, como com Pound e Z e Federico atrás de mim:

> Vento apenas mas corrigido em leitos de flauta
> com o pecado de nomear me queimando filho
> em um fio de meus
> olhos suspenso
> adeus alta flor sem medo e sem mácula
> condenada à Geografia
> e a um litoral com sexo você vertical pura
> inumana
> adeus Manhattan abstração corroída de tempo e
> de minha pressa

    irremediável
    cair
    fantasma anoitecido daquele rio que se sonhava
    encontrado em
    um único leito
    voltar na caída noite ao sobe e desce do Niágara
    que David atira a pedra de vento e esconde o
    estilingue
    e não há à frente uma frente que nos justifique
    habitantes de
    um eco em sonhos
    mas um sonâmbulo anjo relojoeiro que nos
    desperta na
    estação exata
    adeus sensual sonho sensual Teologia ao sul do
    sonho
    há coisas aí que nos dói saber sem os sentidos

*

Chegou um convite ao consulado. José Limón e companhia apresentam o balé "Moore's Pavane", com música de Purcell. Apresentam-se no auditório Robin Hood Dell da Filadélfia. Na minha qualidade de representante de alguma forma do México, espera-se de mim que vá a esse tipo de evento, mesmo estando mais cego que uma lagosta. Lembrava-me bem do garoto Limón, que tinha fracassado magistralmente em um apartamento de Nova York, desaparecido durante tantos anos, e que agora resultava ser uma estrela da dança. E a verdade era que isso me dava muito prazer.

  Mandaram-nos dois ingressos, e assim me acompanhou a secretária do consulado: uma gordinha muito *oaxaqueña* cuja língua não parava nunca. Apagaram-se as luzes, e se acendeu um único refletor, um ponto luminoso no centro exato do cenário. Minha acompanhante começou a narrar-me ao ouvido (sua boca cheirava um pouco a alface passada): agora estão ali os quatro bailarinos com as mãos entrelaçadas, dois homens e duas mulheres, com um corpaço os quatro, formando um círculo. Os dois homens levantam a perna bem alto, e em seguida as mulheres. Lindo.

Interrompi: não precisa me contar cada coisa, Chela, só me diga o mais importante e, se eu quiser, imagino o resto.

Está bem, doutor. Agora pegaram um lencinho muito bonito e vão passando. Eu aviso quando acontecer alguma coisa.

Outra vez levantam as pernas bem alto. Ai, não, desculpe, isso é melhor você imaginar sozinho.

Como que se paqueram com uns e depois com outros, mas não se entende bem quem namora quem.

Isso é importante porque você não vai poder imaginar: os dois homens acabam de cair no chão, mas a queda não fez barulho, como se pesassem o mesmo que uma pluma. Impressionante.

As quatro figuras que se alternavam no cenário eram, pelo que pude deduzir, os quatro personagens de *Otelo*. Via pouco de onde estava sentado. Ou, simplesmente, via pouco. Mas tive a impressão de que as quatro figuras espectrais eram muito mais parecidas comigo do que as secretárias do consulado, a proprietária do supermercado onde comprava minha despensa semanal, o cônsul, os condutores dos trens, os carteiros, os cabeleireiros, do que meus filhos e sua mãe em alguma cidade da Europa. Imagino que, de alguma maneira, eu tinha passado a vida dançando em volta de um lencinho.

O espetáculo foi um sucesso. Ao sair do teatro, um jornalista tomou uma foto minha com Limón e dois dos bailarinos. Eu segurei o braço do garoto Limón e pus meu melhor sorriso. Também penetrou a secretária, que se plantou entre os dois bailarinos e disse "xis".

*

Os finais amorosos nunca são épicos. Ninguém morre, não há desastres naturais, ninguém desaparece seriamente, nada acaba de acabar nunca. Mas eu de fato morro, e as pessoas de fato desaparecem. Minha história de amor com a puta norueguesa termina assim: em 29 de outubro de 1929 Iselin e eu despertamos no hotel Astor do Bowery e ligamos o rádio. Tocava a canção de Guty Cárdenas, *Peregrino de amor*, que tinha feito sucesso e continuava tocando nas rádios nova-iorquinas. Eu acendi um cigarro e disse a Iselin: Guty Cárdenas com certeza é de Sinaloa. Iselin não sabia nem onde ficava a Cidade do México. Iselin queria ouvir as notícias. Os noticiários estavam havia alguns dias obcecados com a bolsa de valores e sua queda iminente. Eu queria chorar em paz: por Guty Cárdenas, pelo que fosse. Iam me transferir para Detroit, e eu nem sequer sabia onde ficava isso no mapa dos United. Iselin insistiu. Giramos o dial até pescar a voz de um *reporter*. A algumas quadras do hotel, conforme narrava a voz imaterial, começava o final. Basta, Iselin, disse-lhe, e procurei outra vez a estação de música em espanhol. Mas Iselin sempre ganhava: vamos, vamos ver o que está acontecendo na rua, Gilberto.

As ruas do Bowery estavam vazias. Mas à medida que nos aproximávamos do distrito financeiro, começamos a ouvir um zumbido desesperado como de centenas de abelhas enlouquecidas. Havia pessoas caminhando apressadas, como todos os dias, mas agora todos se pareciam um pouco com aquelas sombras de pessoas que eu via de vez em quando nas vísceras da cidade.

Ao nos aproximar do edifício da bolsa, Iselin apontou para o céu: havia um homem inclinado para fora de uma janela. Neste mesmo instante o vimos saltar. Ou, talvez, apenas soltar-se, deixar-se ir. O corpo, primeiro, caiu lentamente — quase um pássaro, suspenso em voo. Mas, antes que pudéssemos baixar o olhar, já havia um chapéu girando em direção aos nossos pés, um sapato fincado entre os respiradouros de um bueiro, uma perna separada do resto do corpo, a cabeça ruiva despedaçada na calçada. Iselin me puxou pelo braço e afundou o rosto no meu ombro. Lentamente, continuamos caminhando para nos afastar o mais possível da multidão, que já formava um círculo em volta do caído.

     Então vi Federico. Estava sentado no fio de uma calçada, eufórico, com um caderno nas mãos, fazendo anotações. Fomos até ele.

     Como consegue escrever agora, Federico? — perguntei.

     Elevou o olhar como um autômato.

     Não consegui escrever nada, colega, só uma linha: "Murmúrios no distrito financeiro…"

     E então o que está fazendo aqui?

     Pois segundo eu tinha me jogado do último andar daquele edifício, mas parece que alucinei porque aqui estou, falando com você.

     Quero lhe apresentar Iselin.

     Quem?

     Iselin.

     Do que você está falando, *macho*? Já está vendo seus subabacas outra vez?

*

Para o jantar há *tamales* doces. O pai das crianças está em cima vendo televisão, enquanto as crianças me fazem companhia na cozinha. A bebê brinca com uma panela na sua cadeirinha alta. O menino médio me ajuda a pôr a mesa (três toalhas individuais, prato grande, prato pequeno, garfo, faca, dois copos de vidro, um de plástico).

Se quiser eu já posso beber no copo de vidro, diz, e pela primeira vez o deixo usar um copo adulto.

A bebê está batendo na panela com uma colher quando começamos a senti-lo. Talvez, primeiro, só uma coisa como um pressentimento, um enjoo muito leve. Depois, o estremecimento interno, e depois externo, dos objetos. Nos viramos para ver, para confirmar o que todos estamos presenciando. Treme. Tudo treme, a casa range, os copos caem das prateleiras e quebram em tantos pedaços que a luz da única lâmpada se multiplica uma e outra vez por toda a cozinha. De algum modo, o espetáculo de luzes é muito bonito. A bebê ri. Ouvimos os livros caírem na sala, primeiro uns poucos e depois em catarata. E depois nada. Uma quietude que não conhecíamos.

Tiro a bebê da cadeira, e nos colocamos os três embaixo da mesa. Cai a luz. Ficamos abraçados ali, embaixo da mesa, olhando em silêncio para a chama acesa do fogão, onde os *tamales* continuam esquentando.

Contra a luz do fogo, vemos passar a silhueta de uma barata de Madagascar.

Pa-pá, diz a bebê.

É a única coisa que sabe dizer. Treme de novo; desta vez, mais forte.

Pa-pá, diz a bebê, e solta uma gargalhada.

*

Hoje as crianças partiram para a Europa com a mãe. Foi um dia ocupado no escritório, então não consegui ligar para me despedir. Expedi quatro passaportes e outorguei nove vistos de turista. Também recebi um envelope onde vinha a foto da noite do balé do Mouro. Observei-a com uma lupa. Eu simplesmente não aparecia. Não que tivesse sido cortado pela lente da câmara. Em vez do meu corpo, havia uma sombra, um espaço vazio que sorria para o vazio. Marquei minha sombra com um X e fui mostrá-la a Chela para ver qual era seu diagnóstico. Estava lixando as unhas na sua mesa — faz um barulho insuportável, como de giz riscando uma lousa.

    Você pode me ver, Chela?

    Era só o que faltava, doutor, você está aqui na minha frente.

    Não, aqui, nesta foto.

    Ai que bonita. Não, você não está.

    Mas eu estava ali de pé quando a tiraram, não estava?

    Já nem me lembro, doutor, mas veja que gorda pareço ao lado de José Limón.

*

Assim que tivemos certeza de que parou de tremer, saímos debaixo da mesa da cozinha e seguimos para a porta da casa pelo corredor. Empurro-a, tento abri-la, mas está travada. Tampouco podemos subir para o segundo andar, onde deve estar meu marido, pois as escadas estão bloqueadas pelas pedras que caíram do teto. Não o ouvimos. Talvez não esteja lá em cima. Talvez nunca tenha estado. Voltamos para a cozinha. Carrego a bebê com um braço e dou a outra mão para o menino médio. Não há água corrente nem gás nem luz. Mas resta um pouco de água na panela onde estávamos esquentando os *tamales*.

*

Saí do escritório um pouco mais cedo e passei em um estúdio fotográfico para tirar uma foto, só para ver se os outros me veem de fato e obviamente para enviá-la às crianças assim que sua mãe ligue e dê um endereço. A proprietária do estúdio me senta em um banquinho, ajusta-o à minha altura, e me pede para escolher entre um fundo italiano, um suíço e um tropical. Escolho o italiano, embora não tenha ideia a que se refere. Faz uma primeira tentativa, e uma segunda. Volta a ajustar a altura do banquinho. Faz uma terceira tentativa. Troca o fundo para uma tela branca. Na quarta tentativa, pede desculpas.

Não posso fazer seu retrato, senhor, está acontecendo alguma coisa com nosso equipamento. Pague e volte dentro de alguns dias.

Mas por que devo pagar se não me deu as fotos?

Pague ou chamo a polícia.

Está bem, pago. Volto amanhã.

*

Temos acesso à cozinha e à sala. Ruminamos, como se fôssemos arqueólogos em busca de alguma coisa.

*

Depois do mau bocado do estúdio fotográfico, passei pelo supermercado e comprei um pacote de bolachas, uma garrafa de leite para os gatos e um whisky. Enquanto pagava, pensei que Fitzgerald teria comprado um whisky, com e, algumas bolachas e pouco mais. Eu não fiz nenhuma mala e não fui para nenhum lugar; caminhei para minha casa. Ele fez uma mala e partiu, dirigindo um automóvel, sem rumo fixo. É fácil supor que, depois de horas dirigindo pela desumana monotonia das *highways*, parou em algum lugar, qualquer lugar. Um motel. Sabia que tinha desenvolvido uma atitude triste para a tristeza, uma atitude melancólica para a melancolia e uma atitude trágica para a tragédia. Eu também.

*

Entramos na sala. O piso está coberto de livros e objetos. Coloco a bebê no chão, deixo-a engatinhar em meio ao escombro.

*

Entro na minha casa e dou duas voltas na chave. Os três gatos se enroscam nas minhas pernas, alternando-se. Sento-me na mesa da cozinha, pego dois gelos, viro o whisky e abro o pacote de bolachas. Junto a mim, abro a comida para gatos e os três se aproximam para lamber a lata com nojo. A garrafa se derrama na mesa, saltam espavoridos e depois voltam para lamber o atoleiro. Fitzgerald estava consciente de que era preciso entender algo, algo que talvez fosse a pontada tardia de uma pancada, a dor reflexa de um destes embates lentos, mas terminantes, que não vêm de fora nem podem ser prevenidos. Como uma bolacha e outra e não paro de mastigar até que formo uma bolinha de massa, avalanche que se encharca e aumenta com cada gole de whisky. Fitzgerald teve um pressentimento. Percebeu muito cedo a desintegração inevitável e ensaiou muito prematuramente seu eventual e definitivo colapso. Eu talvez tenha demorado muito. A bolinha aumenta. Soube também que o único remédio era continuar escrevendo. Mas que diabos vou escrever? Sei que quero escrever um romance que se passa em um casarão na Cidade do México e na Nova York da minha juventude. Todos os personagens estão mortos, de alguma forma, mas não sabem. Contou-me Salvador que há um jovem escritor no México fazendo algo parecido. Que boa ideia me roubou o desgraçado. Enfio outra bolacha na boca, a última do pacote, e ligo para as crianças, que não respondem. Tenho o paladar escaldado pelo whisky. Escrevo algumas notas junto à minha laranjeira.

*

O menino médio diz que quer brincar de esconde-esconde nessa casa enorme cheia de buracos. É uma versão diferente da brincadeira. Deve encontrar seu pai.
Sabe o que aconteceu, mamãe?
O quê?
A casa cresceu e papai diminuiu e a gente tem de encontrá-lo e guardá-lo em um vidro, como uma aranha ou uma baratinha.

*

Dos galhos secos da laranjeira cai uma folha de papel, pequena e quadrada. Pego minha lupa e com dificuldade leio:

> Nota (Owen a José Rojas Garciadueñas, Filadélfia, 1951): "Pode ser que seja meu último livro. Vai se chamar, com um título que ninguém empregou neste século, *A dança da morte*. Eu tive amigos, na Idade Média, que me ensinaram como deve ser escrito. Eles faziam isso bastante bem. Mas eu me queimo muito mais quando escrevo."

Não me lembro de ter escrito isso. Mas é mesmo verdade que me queimo quando escrevo.

*

Brincamos. Procuramos meu marido em meio aos cacos da sala: um Buzz Lightyear, um mordedor, um brontossauro espumoso, um chocalho. Não encontramos meu marido. Encontramos, entre os livros caídos, um dos meus velhos post-its com anotações sobre Gilberto Owen.

>Nota: "Quando criança, Owen possuía 'os seis sentidos mágicos'. Vaticinava tremores. Os médicos de Rosário sugeriram abrir sua cabeça para pesquisá-lo."

*

Se de fato escrevesse este romance, teria como epígrafe estes versos de Dickinson:

>*Presentiment is that long shadow on the lawn*
>*Indicative that suns go down;*
>*The notice to the startled grass*
>*That darkness is about to pass*

*

Outro post-it, mamãe!
Me dê ele aqui, deixa eu ver.
Tome, leia em voz alta.

>Nota: "Depois da recomendação dos médicos sinaloenses, e de algumas ameaças de movimentos revolucionários no norte, a família de Owen se mudou para Toluca."

*

A narradora do romance deve ser uma espécie de Emily Dickinson. Uma mulher que fica para sempre fechada em uma casa, ou em um vagão de metrô, dá na mesma, conversando com seus fantasmas e tentando encadear uma série de pensamentos quebrados.

*

Acho que Consencara não está mais na casa.
    Por que você diz isso?
    Porque acho que se estivesse aqui nos ajudaria.

*

Certo dia a narradora rouba um vaso com uma arvorezinha morta da casa de um vizinho e começa a escrever um romance sobre o que essa planta vê de um canto do seu apartamento. A planta começaria a dominar a voz da narradora até suprimi-la por completo. A árvore morta narra de um canto, ao lado da entrada, de onde se avista a cozinha, a pequena sala de jantar e parte do corredor. Gosta de ver a mulher se despir à noite no quarto antes de entrar no banheiro: vê a estela emaranhada de seu púbis quando passa e entra e depois observa o contorno de suas nádegas quando sai e entra no quarto.

*

Nos ajudar em quê, meu amor?
    Não sei, a encontrar aranhas, matar moscas, baratas. Comer cereal.
    Ajudaria a voltar a construir nossa casa?
    Para quê?
    Para que os terremotos não a derrubem.
    Os terremotos não existem, mamãe.

*

Me levanto da mesa da cozinha e vou ao banheiro urinar. Entro no banheiro. Posso informar, com o máximo grau de certeza que se concede a um homem nas minhas circunstâncias, que fiquei total e absolutamente cego. Mas a cegueira não é o que eu esperava. Em vez da brancura ou do negrume definitivo — que teria significado um descanso dos confusos claro-escuros dos últimos meses —, as coisas estão novamente voltando a aparecer, mas eu desapareço. Gosto muito da luz do banheiro. Faz tempo que a luz elétrica faz pouca diferença e serve mais, como escrevia aquele infecto filósofo alemão, para iluminar minha quase completa ignorância do mundo. Mas desta vez acontece o contrário — ou talvez, mais inquietantemente, o contrário do contrário. Gosto muito da luz e vejo meu banheiro completo, o piso forrado de caca de gato, vidros semivazios de produtos de limpeza jogados, rolos de papel higiênico sem terminar, formando uma pirâmide ao lado da privada, uma garrafa de whisky na pia, uma trepadeira entrando pela janelinha que ventila o minúsculo espaço da banheira. À minha volta, uma vintena de moscas, ou talvez mosquitos, zumbiam no ar pesado.

Olho para o espelho a fim de me situar em meio a esse cenário de pesadelo. Mas eu não estou. Em vez do meu rosto, vejo em um fulgor o de Nella Larsen, mulata porca. De modo que minha teoria era correta. Essa é minha cegueira. Minha sem-cegueira. Esse é o meu inferno. Apago a luz e termino meu modesto ritual de higiene a sem-cegas e sem mim.

*

E para onde foi Consencara?

Não sei. Talvez esteja em cima da casa, dormindo. Ou talvez tenha ido para a Filadélfia com papai.
Papai não está na Filadélfia.
Pa-pá — diz a bebê

*

Faço alguns gargarejos diante do espelho. Sou um sem--cego consencara. Sou uma sombra, com a careta mortiça de mim incrustada no buraco onde estava meu rosto. Não é que esteja ficando cego; acho que estou me apagando. Meu rosto já não termina em um contorno, estende-se para a moldura do espelho que me contém, como um copo prestes a se derramar, ao contrário do anti-homem do poema que Gorostiza finalmente terminou: "Sitiado na minha epiderme." Que palavra tão obscenamente clínica, epiderme. Por que não pele? Por que não couro?
Os gargarejos me dão náusea. Vomito na privada. Se as crianças me vissem diriam que sou o anão que vomita.

*

Eu e as crianças perambulamos como três gatos por cantos escuros, recolhendo coisas que caíram, que caem e continuam caindo. A bebê engatinha alegremente pelo piso repleto de livros.

*

Um dos gatos, talvez Cantos, meu favorito, está me esperando do lado de fora do banheiro. Comove-me. É como se percebesse que está acontecendo alguma coisa comigo. Que as coisas não vão muito bem hoje. Ele de fato me vê, tenho certeza. Tento acariciá-lo, percorrendo o lombo com a palma da mão. Mas, quando chego à altura da cauda, percebo que ela não está ali. Ficou sem cauda. Entrou em uma briga com o That e o Paterson, malditos abusadores? Agora mesmo darei uma lição nos dois.

*

Mamãe — diz o médio olhando pela janela da sala —, olhe aquilo!
    O que, filho?
    Um gatinho sem cauda!
    É uma visão inquietante. De fato, no pátio comum há um gato sem cauda, passeando normalmente. Levo as crianças de volta para a cozinha.

*

Ao atravessar a sala para voltar à cozinha, Cantos nos braços, vejo Ezra Pound, atirado na minha poltrona, fazendo anotações em uma folha. Acima de sua cabeça, voam moscas em círculos perfeitos. Está concentradíssimo no seu trabalho, e não quero incomodá-lo por medo de interromper algum verso importante ou pelo menos espirituoso. Atravesso a sala em silêncio, rumo à porta da cozinha.

*

Já não vamos sair da cozinha, digo ao médio. É muito perigoso. Se voltar a tremer, podem cair coisas em cima de nós.
    Casas, mamãe?
    Sim, casas.

*

De volta à cozinha, sirvo-me mais um gole de whisky e procuro That e Paterson embaixo da mesa. Aí estão os gatunos. Apalpo-os. Busco suas caudas: nada. Como três gatos ficam sem cauda? Nem sequer uma extremidade, uma cicatriz, nada. Só um *culito* redondo e pelagem abundante ali onde antes havia uma cauda.

Começo uma carta para as crianças, que não tenho para onde enviar porque sua mãe nunca me diz em que cidade estão: Se lhes disserem que morri, crianças, não é verdade. Os médicos dizem que estou ficando cego. Mas tampouco é verdade: o que acontece é que estou me apagando. Não sou o único. Também os gatos deste mundo estão se apagando. Na sua viagem, observem as caudas dos gatos. Vão ver que há vários que já não têm cauda. Vocês sabiam que isso era possível? Eu não. Eu também estou me apagando. Mas vocês sempre vão poder me ver, se tiverem vontade. O que realmente estou é barrigudo. Moro com três gatos sem cauda de que vocês iam gostar muito. Chamam-se That, Paterson e Cantos.

*

Há baratas na cozinha. Não sei o que aconteceu, mas estão por toda parte. Talvez os sapos do vizinho tenham morrido no tremor, e as baratas se reproduziram. O menino médio e eu pisamos nelas com as solas dos nossos sapatos.

*

Se pudesse falar nesse instante com Homer, diria a ele:
    Posso lhe fazer uma pergunta, Homer?
    Diga, Owen.
    Qual a última coisa que desaparece?
    A que se refere?

À morte, obviamente.
Sabia que há animais que podem continuar mesmo depois de perderem a cabeça?
Os animais podem ficar loucos?
Não digo nesse sentido; digo literalmente. Cortam-lhes a cabeça e continuam vivos por um bom tempo.

*

Enquanto pisoteamos insetos na cozinha, o menino médio me diz que, se cortarmos a cabeça de uma barata, ela continua viva durante duas semanas. Diz que ensinaram isso na escola. Tenho um ataque de riso. Ele também. A bebê não: ela nos olha em seu silêncio, serena.

*

Acho que teria preferido apenas ficar cego. Desaparecer, me apagar assim sem mais, não me parece a melhor maneira de terminar meus dias. Como vão ver meu cadáver no dia em que já não me levante da cama? Como vou ao supermercado se a caixa já não vai me ver? Mas principalmente: já estaria suficientemente encrencado não vendo nada nem ninguém. E agora resulta que me aparece Nella no banheiro, Pound na minha poltrona. Há pouco tive a impressão de ouvir, bem claro, a voz um tanto anasalada de Guty Cárdenas cantando *Un rayito de sol*.

De minha pasta, tiro a foto da noite do Mouro que chegou ao consulado. Observo-a. Não estou. Mas não quero mais voltar àquele estúdio fotográfico, embora me devam dinheiro. Não quero mais sair de minha casa. De fato, amanhã de manhã ligarei para a Chela na primeira hora para dizer que não vou ao escritório.

*

Finalmente terminamos de matar todas as baratas. Digo ao médio que se enfie embaixo da mesa. Vamos dormir ali, digo a ele, vamos fazer uma caminha.

*

Alguém bate na porta. Levanto-me, saio da cozinha e vou para a entrada. Quando começo a abrir a porta, ouço um estrondo como de sapos que sobem e descem pelas escadas do edifício. Me dá um ataque de alguma coisa: as duas pernas ficam rígidas como colunas de um Partenon, e um tremor me agita as mãos. Fecho outra vez a porta, desta vez com cadeado duplo, e vou para o meu quarto, deslizando uma das mãos pela parede de jornal que já cobre quase completamente a parede esquerda do corredor (a do lado direito estava ocupada por uma estante).

*

Por que temos de dormir embaixo da mesa, mamãe? Por que não em cima?
    Não, é perigoso. Vamos dormir embaixo.
    Como gatinhos?
    Sim, como três gatinhos.

*

Entro no meu quarto e vejo Federico raspando as pernas ao lado da cama. Ao seu lado, sentado na minha penteadeira, está Z limpando os óculos. Prefiro não dizer nada. Educaram-me na crença de que sempre é melhor não fazer estardalhaço, embora meu primeiro instinto tenha sido dizer ao Federico que já era mesmo hora de que tirasse tanto pelo das panturrilhas. Mas estão se apoderando de todo o espaço. Volto à cozinha, sirvo-me um copo de água com um pouquinho de whisky e bebo de um gole. Os três gatos continuam embaixo da mesa. Talvez possa me deitar um instante em cima da mesa, aqui junto à laranjeira. Assim posso pensar um pouco no romance ou talvez dormir um pouco.

*

Tento dormir um pouco embaixo da mesa da cozinha com as duas crianças agarradas ao meu corpo, cobrindo cada uma com um braço. A escuridão nos dá medo, saem as baratas. O som das patinhas, raspando o cimento ou o metal da pia, me desperta. Tapo seus ouvidos, para que as baratas não entrem pelas orelhas, para que não se metam nos seus sonhos.
 O que é esse barulho, mamãe?
 Não é nada.

*

Tiro meu casaco, enrolo-o para formar um travesseiro e subo na mesa.

*

Acho que são as baratas, mamãe.
 Ou o seu pai.

*

Deitado na mesa, os olhos abertos como pratos, ouço o zumbido de um mosquito que se transforma na sirene distante de uma ambulância que nunca acaba de se aproximar e volta a ser um mosquito e volta a ser uma sirene. Não vejo o mosquito, obviamente. Mas, assim que se aproximar, o mato. Pergunto-me se esta vai ser minha última ligação com o mundo: um efeito Doppler que não culmina em nada, que não termina. Suo, giro sobre meu flanco. Pela porta da cozinha, entra William Carlos Williams e me diz:

Levo o dia inteiro recebendo crianças em ambulâncias. Por que as mulheres já não parem nos hospitais?

Não sei.

Se me permite, Gilberto, vou lavar as mãos aqui no banheiro.

Tudo bem, William. Ou o chamo de Carlos?

Cubro o rosto com o casaco e tento dormir um pouco.

*

Não, mamãe, são as moscas e os mosquitos. De dia estão no regador, mas de noite vêm e nos picam.

*

Faz calor na cozinha. Destapo o rosto e digo a William Carlos, que finalmente terminou de lavar as mãos e me olha ao lado da mesa, como um cirurgião prestes a começar sua operação:

Que tal este verso que acabo de inventar? *Mosca morta canção do não ver nada, do nada ouvir, que nada é.*

Não está mal. É como se fosse de Emily Dickinson, mas não está mal.

Depois, sai da cozinha. Volto a cobrir o rosto com o casaco. Os mosquitos ou as moscas continuam zumbindo.

*

A bebê acorda e começa a chorar. Eu e o médio a consolamos.
    Abrace-a — sugere o médio.
    Abrace-a — você dirá.
    Isso, assim, quem sabe se acalma.
    Aperto-a entre os braços. Nada. Chora. Seus gritos enchem toda a casa, todo o meu corpo. Nos levantamos do chão e damos voltas pela cozinha.
    Por que não cantamos para ela, mamãe?

*

Acho que os mosquitos são vozes. Distinguem-se duas: uma de um menino, e outra de um bebê. O bebê chora muito, e o menino canta para ele uma canção de ninar inquietante.

*

O médio canta. Tem uma voz suave, bem afinada: A casa caída, as crianças doentes, papai zangado, mamãe chorando...

*

Não quero ouvir nada, canção do não ver nada. Na escuridão branca, ouço ao meu lado a risada suave, rajada alegre, de um bebê. Sinto o tecido do casaco que cobre meus olhos se elevar, o calor do quarto entrar e agitar meu corpo, a voz excitada de uma criança bater no meu rosto:
    Achei!

Este livro foi impresso
pela Lis Gráfica para a
Editora Objetiva em
agosto de 2012.